戯曲●

小鳥女房

千木良　悠子

戯曲● 小鳥女房

◉目次

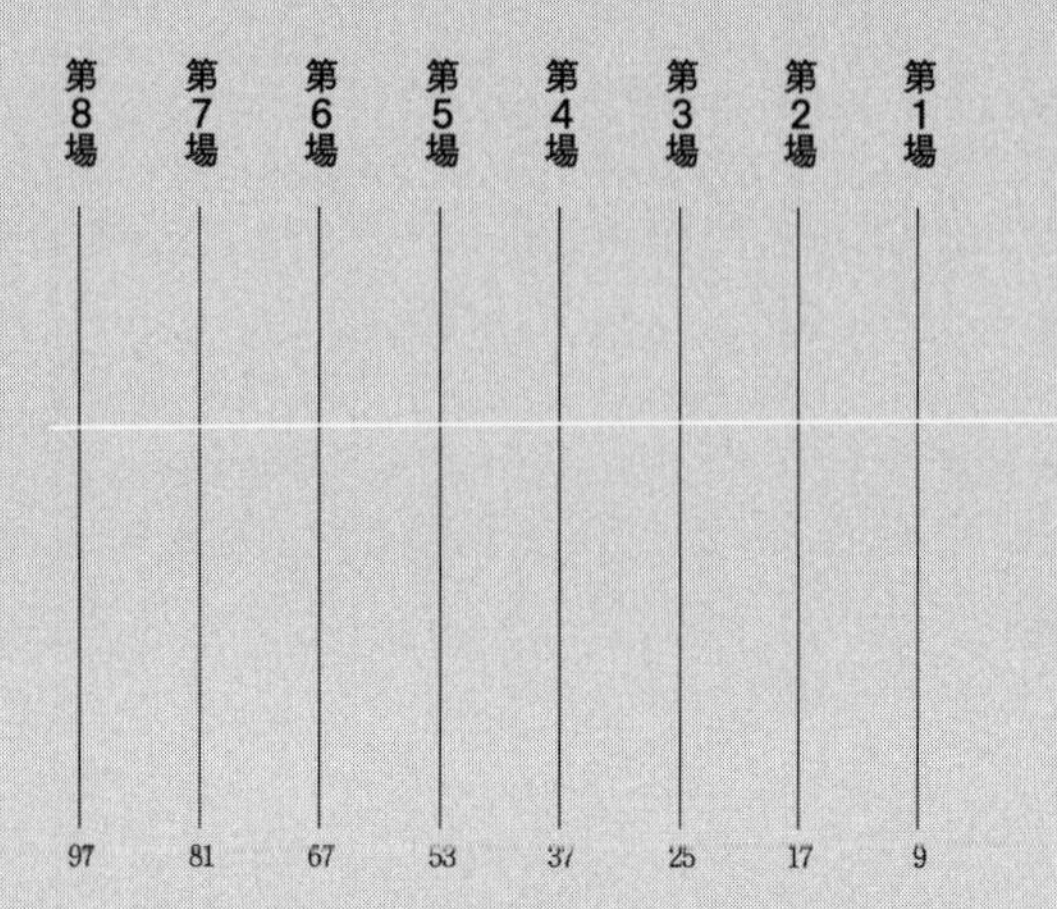

◉登場人物

女1――山田キヌヲ
女2――小林麻子
男1――岡部尚
男2――田中偉登

小鳥女房

作　千木良悠子

●第１場

鳥のさえずり声がする。明転。午前5時。
ベッドに横たわっている男1と女1。女1は目を覚ましている。
男1、寝ぼけたまま腕を伸ばして、女1の体を抱こうとするが、避けられる。
寝返りを打って、何度か試みるが、やはり避けられる。
最後に女1、ベッド脇の小鳥のぬいぐるみを取って身を守るように防ぐ。

男1――「なんなんだよ！」
女1――「（ぬいぐるみの声真似で）おはようございます」
男1――「おはようございます」
女1――「（声真似で）寝起きのところ申し訳ありませんが、鳥から旦那さんにお話があります」
男1――「何ですか」
女1――「（声真似で）近いうちに、この部屋を出て行きたいと考えています。昨日アパートを契約しました。築42年家賃5万5千円、敷金礼金ゼロでお得でした」
男1――「……どういうこと？」
女1――「だから『別居』したいの」

男1――「ふえっ。別れたいってこと?」

女1――「離婚したいわけじゃないの。ただしばらく別々に暮らしたい」

男1――「あ、そう。それで俺に相談もなしにアパート契約してきたの?」

女1――「(声真似で)ひとたび鳥に生まれたからには、自由に空を羽ばたきたい。チュンチュン」

男1――「(ぬいぐるみを奪い取ろうとしてもみ合い、腕をつかむ)」

女1――「いやっ、離して!」

男1――「真面目に話そうや。まだ朝の5時じゃねーか!……男ができたのか?」

女1――「できてないよ」

男1――「何やってる人なの?」

女1――「え?」

男1――「新しい彼氏」

女1――「だから、いないって」

男1――「は! じゃあなんで?」

女1――「うまく説明できるかわかんないけど……自分一人のスペースが欲しくなったの。この部屋は私の部屋だけど、二人の部屋でもあるじゃない? ベッドもソファもキッチンも、このぬいぐるみだって一緒にお金出して買ったでしょ。私だけの物ってない。それが気持ち悪いというか」

男1――「気持ち悪い……」
女1――「結婚して10年近くなんの疑問も持たずにきたけど、ある日これって変じゃないかって思い始めたら止まらなくなって、違和感が芽生えてきて……別の所に住みたいなと」
男1――「(黙る)」
女1――「ごめん」
男1――「でも夫婦は一緒に住むものじゃん。世の中にはそうじゃない家庭もあるだろうけど、うちは違うだろ、普通だろ」
女1――「普通……ってなに?」
男1――「もっと広い部屋に引っ越したいってこと? そりゃ今の給料じゃ無理だけど、ちょっと我慢すれば金は貯まるだろ。なんで勝手に不動産屋行ってるの? わかんないよ!」
女1――「そんなに怒ると思わなかった」
男1――「じゃあどう思ってた?」
女1――「アパート借りて別居、それ面白いね♫って言うかと」
男1――「きみ、ばかなの」

二人、やや歩み寄る

男1——「その『気持ち悪い』っていうの、もう少し説明できる？　わかるように」
女1——「難しいな……なんで、人は結婚するの」
男1——「うぉ、根本的な質問」
女1——「結婚って、思ってたのと違った。あなた全然帰ってこないし」
男1——「しかたないじゃん、俺、野球部の顧問になっちゃったからさ……中学校教師の労働時間超過はブラック企業のサラリーマンよりひどいって、ニュースになってんでしょ」
女1——「家で仕事してスーパーに買い物行ってご飯作ってあなたの帰り待ってると、なんか暗い気分になってくるんだよね、この部屋に閉じ込められてるような」
男1——「『（ぬいぐるみに）籠の鳥でいるのが嫌なのかい？』、どっか旅行でも行くか」
女1——「平和な証拠なのかなー」
男1——「そうだよ。数学の佐藤先生が去年、奥さん病気で亡くしたじゃない。先週、職員室のデスクで急にぽろぽろ泣きだしたぜ、窓から西日を浴びて……ふとしたときに思い出すんだって」
女1——「あなた死んだら、今日のことも思い出すのかなー」
男1——「じゃないの。俺は今朝のこと老人になったって忘れないよ。『みちよが一人暮らしするって言って勝手にアパート契約してきてギョッとした』って、還暦祝いで子や孫に話して笑いたいね」

女1——「ちょっと鬱っぽくなってるのかな」
男1——「休み取るから、なるべく遠く行こう。気分変わるよ」
女1——「うん」
男1——「とにかく大した理由がないなら別居は止めとけ。もしきみが仕事部屋が必要なら、それは賛成するよ。敷金ぐらい俺が出したっていいし」
女1——「部屋が要るほど仕事来ないもん」
男1——「これから増えるかもしれないじゃん。でも遊び半分の一人暮らしはダメ。不経済だ」
女1——「筋は通ってるね」
男1——「俺のこと嫌いになったんならそう言ってね。なるべく受け止めるから」
女1——「嫌いじゃないよ」
男1——「じゃあ好き?」
女1——「(鳥の声真似で)あきらさん、大スキ。愛してる」
男1——「ちゃんと言えよ」
女1——「(しぶしぶ)好き……」
男1——「今日はそれでいい。次の機会までに、よく練習しとけ」
女1——「はい先生。とりあえず今日は出てくのよすよ」
男1——「おうおう、そうして。もうちょっと寝させて」

部屋が暗くなる。

女1、スマホをいじっている。明かりで顔が照らされる。一人起き出して、部屋の中をうろうろし、ペットボトルの水を飲む。その間ずっとスマホを見ている。暗転。

●第2場

午前7時。目覚ましが鳴る。起きて、仕事に出かける支度をする男1。スマホを操作するとラジオの音声が流れる。クローゼットから服を出して着替え、歯ブラシとコップを手に取って歯を磨き、鏡を見ながら髪の毛を整える。寝ている女1を見ながらコーヒーを自分で淹れて飲み、片付ける。

男1――「じゃあ行ってくる」
女1――「行ってらっしゃい（寝る）」
男1――「おやすみ（下手から退場）」

ドアチャイム。女2の声がする。

女2――「（声のみ）ねえ、田所みちよさ〜ん、いないの？　私よ、206号室の磐城です。いらっしゃるんでしょう？　一生のお願いなの、開けてください！　開けないと、どうしようかな、大声で泣いちゃおっかな！（泣きながら）開けて！」

女1――「（寝返りを打つ）」
女2――「なーんちゃって嘘です。ふふふ、私今日すっごく良い気分なの。お天気が良いでしょ？　クッキー持ってきたんです、一緒に食べたくて。お菓子食べてお茶しながら、お互いの近況報告しましょう、楽しいよう。だから開けて！」
女1――「（下手に行く）」
女2――「（登場して）みちよさん、久しぶりー！　昨日ぶりー！」
女1――「おはようございます」
女2――「みちよさん、疲れてる？　なんか目の下が黒い！　健康になるハーブティ持ってきたから淹れてあげる！　入って良い？」
女1――「磐城さんって、今日で3日連続うちに来てますよね」
女2――「怒ってるの？　こわいー。怒られるんなら帰ろうかな……ハレハレ〜、お邪魔しました〜」
女1――「別に怒ったりはしてませんけど」
女2――「怒ってない？　良かった、じゃあ失礼します。あれ、お布団がぐちゃぐちゃに乱れて暖かい……もしかして寝てたの？」
女1――「寝てましたけど」
女2――「ダメよ、お寝坊は。私なんか朝は6時きっかりに起きて、青汁スムージー飲んで公園女1――をウォーキングしてるんだから。お皿借りるね。これパン屋さんでもらうやつじゃない、こんなのしかないの？（クッキーを皿に並べながら）ごめんね、大した話があるわけじゃないんだけど」

女2――「（お湯を沸かしながら）でしょうね」

女1――「このところずっと家に一人でいるから、退屈なんだよね」

女2――「旦那さん、またお帰りにならないんですか」

女1――「うん。うちの旦那、大学教授なの。スペイン文学」

女2――「聞いてますよ、何度も」

女1――「また女子大生とでも浮気してんのかしらねっ。あ、Yesって言われないで！　傷つくから。私のために甘い嘘をついて」

女2――「（お茶を淹れている）揺らさないで下さい」

女1――「外で旦那が何してたって良いけど、浮気してたらやっぱ嫌よね。なんでかね、既得権益を奪われたと思うのかしらね？」

女2――「難しい言葉使うんですね」

女1――「うちのハゲ教授はさ、前科2犯なわけ！　ここんとこ帰ってこないのを見ると、また性懲りもなく女子大生のお尻追っかけてるのかしら、と思うと無性に腹が立つ。夫婦の関係はとっくに終わってるっていうのによ……ああん、遅いなあ、ハーブティー」

女1――（お茶を運んできて）できました」
女2――「何の話だっけ？　とにかく、いただきましょ（二人で飲む）……あつっ。あーいやだいやだ、死にたいわ、いっそ」
女1――「死ぬ？」
女2――「旦那に浮気してるのか聞いてもいいと思う？」
女1――「うーん、磐城さんが聞きたかったら」
女2――「こないだ夜中にケータイ見たろかなと思ったんだけど、一丁前にロックかかって開かないのよ。でもまた女子大生とのイチャイチャメールなんか出てきたところで、ただうんざりするだけで別れたりはしないと思う。かといって愛せるわけでもない……『もう誰も愛せない』、そんなドラマ昔あったね。やだやだ、みんな嫌いよ、男も女も。好きな人はただ一人」
女1――「誰？」
女2――「あなたよ、みちよさん」
女1――「キャー！」
女2――「私があなたを好きなのはね、放っといてくれるから。あなた私に全然、関心がないでしょう。安心する。でも無視はしないでね。微妙なさじ加減、大切にね。私、ここで寝てってもいい？」

女1――「え？」

女2――「これからパソコンでお仕事するんでしょう？　みちよちゃんはWebライターしてるんでしょう。お小遣い稼ぎのために美容や旅行の記事を書いてるんでしょ。その間ベッドで寝てっても良いかな。昨日わけもなく胸がドキドキして、一睡もできなくて」

女1――「じゃあ自分ちで寝たほうがいいですよ。そのほうが体、休まるんじゃない？」

女2――「ううん。普段は人の家とか旅行先だと眠れないんだけど、今フッと降りてきたの。ここなら眠れるって。あなたが叩くキーボードの、雨音のような調べを子守唄に眠るわ。一人じゃ落ち着かないの、でも構われるのもいや……だからお願い」

女1――「まあいいや。ちょっとだけなら寝て良いですよ」

女2――「ありがとう。（ベッドに入る）２秒で寝るね、２、１」

沈黙。

女1――パソコンに向かって、キーボードを叩きはじめる。女1の朗読の音声と音声の内容に則した映像が流れる。

女1の声――「【定番から穴場まで】おススメの京都観光スポット。世界遺産の仁和寺（にんなじ）、龍安寺（りょうあんじ）、金閣寺を拝観したら、大徳寺まで足を伸ばしてみるのはどうでしょう。大徳寺内の、千利休が建立した金毛閣には、長谷川等伯の筆による迦陵頻伽図があります。迦陵頻伽とは、上半身が人で下半身が鳥の、仏教における想像上の生物です。『阿弥陀経』では、共命鳥とともに極楽浄土に住むとされています。」

女2――「(布団の中から)ねえ、小さいころは小説家になりたかった?」

女1――「え?」

女2――「ライターってそういう人が多いんでしょ? 何を書きたかったの? 恋愛小説? 推理小説? 『我が輩は猫である』みたいなむつかしいの?」

女1――「ふふ、『猫』は漱石が落語家の口調を真似して書いたらしいですよ」

女2――「詳しいんだ。私、本はあんまり読まないの」

女1――「なんで文学教授と結婚したんですか」

女2――「あっちから申し込まれたから。美味しいものいっぱい食べに行ったよ。良い時代だったのね。今はダメ、東京はつまらなくなった」

女1――「そうなんですね」

女2――「どうしてつまらなくなったのかしら。不景気だから? 今ってまだ不景気?」

女1――「どうなんでしょう」

女2――「バブルが弾けたから？　バブルが弾けたのってもう何十年も前じゃないの？　何十年か前は私、すごく男の人にモテたの。でも心から楽しいって思ったことあったかな。いつもちょびっと虚しかった」

女1――「磐城さん。今は考えるのよしましょう。せっかくだからゆっくり寝ててってください」

女2――「うん」

暗がりの中で女1が眠る女2を見ている。

女2――「心細いから、みちよちゃんも一緒に寝ない？」

女1――「……（無言でベッドに入る）」

女2――「女の人ってやらかいのね（布団の中で何かをしゃべる。二人で笑う）」

暗転。かすかに音楽、ラヴェル「ハイドンの名によるメヌエット」。

●第3場

明転する。午後七時。

女1、ベッドで眠っている。男1登場。部屋着に着替えながら喋る。

男1――「ただいま。ドアの鍵開いてたよ。もしかしてきみ、一日中寝てたの？」

女1――「(慌てて起きて) えっ、今何時」

男1――「いいなー、主婦は気楽で」

女1――「だって磐城さんが来てて……」

男1――「だれ？」

女1――「話したでしょ。上の階に住んでる奥さんが、毎日うちに来るの。どうでもいいこと喋りに」

男1――「その人、昨日も来たって言ってなかったか？　今日も来たの？　何しに」

女1――「お茶とかお喋りとか……基本的にあっちばっか喋ってるけど……良いじゃん、寂しいんだよ」

男1――「迷惑なら帰ってもらえば」

女1――「だって同じマンションの人だもん、追い返したら角が立つよ」

男1――「いつから来るようになったの」
女1――「先々月かな。最初は朝、ゴミ捨てに行くときによく会ってて、挨拶してたの。そしたらだんだん話が長くなって、いつの間にかうちでお茶しましょうってことになって、週1が3日に1回になって……最近は毎日来てる」
男1――「えーっ」
女1――「そのうち、うちに住み出すかもね（笑っている）」
男1――「笑い事じゃねえよ」
女1――「そもそも、何でしょっちゅうゴミ捨て場で顔を合わせたかっていうと、あの人、よそんちのゴミ漁るのが趣味なの」
男1――「えーっ」
女1――「で、4階の家族が今月はニュージーランド行った、羽振り良いじゃん、とか、隣の部屋のご夫婦がラブホテルのポイントカードよく捨ててる、いつも同じホテルなのにポイント貯めなくて勿体ない、とか調べて遊んでんの」
男1――「それって犯罪じゃないの？」
女1――「犯罪なの？」
男1――「いや、地域の条例によるのかな」
女1――「ふーん」

沈黙。

男1――「とにかく、そんなのと付き合うな。よその家には避けられてんだ、だから家に来るんだよ」

女1――「でも私のこと好きだって言うんだよ。喋ると落ち着くんだって」

男1――「そんなん言われて嬉しいの？」

女1――「だって可哀想じゃない？　一人じゃ眠れないって」

男1――「眠れない？　香水くさい（枕を嗅ぐ。拾い上げて）白髪？」

女1――「うちで寝てったの」

男1――「えーっ！」

男1、枕カバーとシーツを荒々しく剥がす。新しいシーツをつける。

男1――「ほら、さっさと洗濯。なんで同じマンションの中でたっぷり香水つけてんだ」

女1――「そういう趣味なんだよ」

男1――「きみ、好きって言われて嬉しかったんだろ。きみもそのオバハンと同じぐらい孤独なんだな、図星？……ああ、忙しさにかまけて、きみの寂しさを埋めてやれなくてごめん。

まさか妻がゴミ漁りババアに心慰められるなんて、俺は夫失格だな。どうしたらいい？毎晩花束を買ってきてあげよか。服とか宝石のほうがいい？　旅行の計画、ちゃんと立てよう。あ、犬でも飼う？」

女1――「本気？」

男1――「ふざけてるように見える？　犬の名前、何がいいかな。チャッピー、ポチ、シロ、クロ、（いろいろ言う）」

女1――「ふざけてるようにしか見えない。はあ、ご飯作ろ！」

女1、下手側のキッチンでフライパンなど使い、料理をするマイム。料理の音。男1、ベッドに座ってスマホを操作し出す。

男1――「何か一品作ろうか？」

女1――「いい。あなた失敗すると過剰に落ち込むじゃん」

男1――「（スマホを片手に）なんかさー、日本の女性が家庭でやってる家事育児とか、全部の労働にもし給料が出たとしたら、年間で百何十兆円の金額になるんだってね」

女1――「何それ」

男1――「ネットに書いてあったの。最近は男で主夫やってる人も珍しくないけど、女の人は長い歴史の中、ずっと家庭でただ働きしてきたわけだよね。愛に溢れた家庭の妻や母を演じながら」

女1――「だから何」

男1――「えっと……」

女1――「（イライラする）だって、私がご飯作らなかったら誰が作るの。誰かがやんなきゃでしょ。やれる人がやる、それだけ。ただ」

男1――「ただ？」

女1――「変なこと言っていい？　あなたが定年退職しても私はご飯作るんだな。どっちかが死ぬまでは作り続けるんだよな、って思ったことはある」

沈黙。

女1――「言わなくて良いことだったね」

男1――「いや、今夜は外に食べに行こう！　駅前の九州料理屋のもつ鍋食いたかったんだ」

女1――「本当？」

男1――「料理、当番制にしよう。月水金は俺が作って、火木土はきみが作る。日曜は外食。俺、オムライス作るの上手だよ」

女1――「知ってるけど。無理でしょ」

男1――「いいから早く支度しなさい。出かけます！」

女1――「もつ鍋食べたら絶対焼酎飲んじゃうからな。今日まだ仕事残ってて」

男1――「たくさんあるの？」

女1――「ううん。2、30分で終わる」

男1――「じゃあ先行ってビール飲みながら待ってるよ」

男1、下手より退場。

女1、もたもたと服を着替え、パソコンを開いて文字を打ち込む。映像と音声が流れる。

女1の声――「迦陵頻伽は、生まれる前の、卵の殻の中にいる時から鳴き出すとされます。その声は非常に美しく、仏の声を形容するのに用いられるそうです。日本では美しい芸者や花魁(おいらん)、美声の芸妓(げいぎ)を指して、この名で呼ぶこともありました。」

女1、パソコンで李香蘭(りこうらん)の「夜来香(イエライシャン)」の動画を検索し、視聴する。映像とともに曲が流れる。

女2が間奏で入ってきて、マイクがわりに、キッチンに生けてあった花を持って口パクで歌う。

女2――「ああーん、私、この歌大好きなの。なんで知ってるの？　超能力？」
女1――「なんで入ってきたんですか？」
女2――「廊下歩いてたら曲が聞こえてきて思わずドアに手をかけたら開いたのよ。なんで鍵かけてないの？」
女1――「夫がさっき出かけたんですよ。これから外で一緒に食事するんです」
女2――「そう……じゃあ早く行ったら？　私、ここで寝て待ってる」
女1――（ベッドの前に立ちはだかり）寝ちゃダメ！　怒られたんです。二度目はありませんよ」
女2――「久しぶりによく眠れたのに。ダメね、あなたに依存しかけてる。みちよさん優しいから、私、何言ったって許される気がしちゃってる。決めた、彼氏作ろっと」
女1――「良いじゃないですか！」
女2――「ちょっと失礼？（パソコンに向かって）見て。最近、流行ってるのよ、中高年向けの出会い系サイト」
女1――「『60歳男性。ヘアスタイルはショーン・コネリー。１７６cm。映画・読書・音楽などなど多趣味。お暇で日常に退屈されている女性。たまには呑んで馬鹿話しましょう』。へえ。昔の雑誌の文通コーナーみたいですね」
女2――「ランチにカラオケ、スイーツバイキング、猫カフェ、野鳥の観察……いろんな趣味の人がいるでしょ。女性は『男お断り、同性の友達募集』って人も多いけど、この期に及んで何をかっこつけてんのかしらね。私は男探そ。この掲示板に書き込もうかどうしようか、ここ数日悩んでたんだけど、善は急げって言うじゃない。つまり『今でしょ』。みちよちゃんも言って、林先生。ねえお願～い！」

女1――「『今でしょ』」

女2――「(パソコンに向かって) でも私、指一本でしか入力できないの。あなたブラインドタッチできるんでしょ？ 打って (女1を座らせる)。『当方、17歳……というのは嘘で、本当は36歳の美貌の人妻です。美しいものが好き。窓辺に薔薇を飾って、小指を立てて紅茶を飲みます。時折お庭に訪れるナイチンゲールの歌声だけが心の慰め。若くて可愛いスイーツ男子のあなた、まずはお友達からいかが。口移しでマドレーヌを食べさせてあ・げ・る』。オッケー、レッツ送信！」

女1――「こんなの誰からも返事来ませんて。だいたい『若くて可愛いスイーツ男子』は中高年向けの出会い系サイト見ないよ」

女2――「わからないじゃない」

女1――「磐城さん、若いイケメンと付き合いたいんだ」

女2――「若い子になんか興味ないよー。人間、年齢じゃなくって中身じゃない？ でも今の世の中、意外と若い子のほうが中身もしっかりしてるかもね。テレビ見てても、年寄りの芸人や俳優より、イケメンアイドルのほうが気の利いたトークするじゃない。しかも歌や演技はできて当然なわけでしょ？」
女1――「でしょうね」
女2――「若くて可愛い子がさらに賢くて何でもできたら、年取った人間なんか粗大ゴミじゃない？　焦るわあ」
女1――「焦る必要ないじゃない。年齢を重ねないとできないこともたくさんあるし」
女2――「年寄りにたとえ取り柄があったとして、だれもそこに興味がなかったらどうなるの？私は若い頃、今よりさらに馬鹿女だったから少しは成長したつもりだけど、誰も中年女の内面の成長なんか興味ないじゃん。別に良いけど」
女1――「そんなことないよ。女性も男性も、精神的に成熟した人のほうが素敵だしモテるでしょ」
女2――「えー日本の男は皆ロリコンじゃん。ＡＩ技術がもう少し発達したら、だれも人間の恋人なんか作らなくなって、セーラー服着た美少女ロボットとデートするよ」
女1――「ロボットとどんなデートするんですか」
女2――「渋谷だったら、ハチ公前で待ち合わせて、パフェを食べる！」
女1――「スクランブル交差点のフルーツパーラーでね。で？」
女2――「円山町に直行！　即物的なの、ＡＩとのデートは」

女1――「つまらなくないですか？」

女2――「面倒くさくなくていいじゃん。科学って楽するために発達してきたんじゃないの。男女交際以上に面倒くさいことが他にありますか？（パソコン画面を女1に見せて）見て」

女1――「うわっ、めちゃくちゃ返事来てる！」

女2――「面倒くさいこと大好きな人たちが湧いてきたわね……」

女1――「どうするの？」

女2――「全員と面接する。忙しくなるぞ！　ボーイフレンドができたら紹介するね」

女1――「彼氏できたら、うちに連れて来ても良いよ。よかった。やっと平和が戻ってくる」

女2――「よし。早く帰って、男選ばなきゃ。悪かったね、長居して」

女1――「磐城さんの恋人選びの基準は？」

女2――「運命感じる人、かな。じつは恋愛至上主義なの。恋すると生活すべてを捧げちゃうタイプ。あー早く恋したいなー、誰でもいいから。（ぬいぐるみにキス）好きー。大好きー。じゃあね！」

女2、退場。電話が鳴る。

女1――「ごめん、磐城さんが来ちゃってさ。今から行くから。そんなに言わなくたっていいじゃない。違うよ……だからごめんって！　だって……（言葉にならずに泣き出す）ううん、泣いてない。うるさいなー。泣いてないって言ってるじゃん！（泣いている）」

暗転。音楽、モーツァルトの「ピアノソナタハ長調K・545」。

●第4場

午後3時。女2、男2がソファに座っている。女1がお茶を運んできてテーブルに置く。

顔に痣ができている。

女2、男2の耳元に何事か囁く。男2、頷いている。笑い合う二人。

女1――「何なんですか」
女2――「何も」
女1――「言いたいことがあるならハッキリ言ってよ」
女2――「だって、ねえ」
女1――「内緒話やめてください」
女2――「えーでも」
女1――「この痣のことでしょ」
女2――「わかってんじゃない」
男2――「しっ」
女1――「ぶたれたわけじゃないですよ。ちょっと転んで箪笥にぶつかったんです」
女2――「まっさかー!」

女1――「だれのせいだと思ってるの？　まあいいや。人のせいにしてもしょうがない。自分がしっかりしてれば大丈夫。……いやいや何でもありませんよ」
女2――「一人で喋ってる！」
男2――「面白い人だね」
女2――「変わってるの。このマンションで仲良くしてるの、私ぐらいなのよ」
男2――「わかる」
女1――「やめて。信じちゃってるじゃない、彼」
女2――「ほっぺに痣なんか作っちゃって」
女1――「触らないで」
女2――「ごめんね。いつもは良い子なんだけど興奮してるみたい」
男2――「仕方ないよ。僕らお邪魔じゃない？」
女2――「えー、せっかく来たんだからゆっくりして行きましょうよ」
女1――「帰ってよ！」
女2――「あなたがボーイフレンド連れてきてって言うから、連れてきてあげたのよ。一人で寂しいんじゃないかと思って。なんなのその態度？　少ない友だち失くすと後悔するよ？」
女1――「何ですって」
男2――「まあまあ。とりあえず僕、『初めまして』だから自己紹介しても良いですか？　どうも、高橋崇彦と言います」

女2――「ふふ、幾つだと思う？」

女1――「知らない」

女2――「幾つだと思う？」

女1――「興味ないですから！」

女2――「うふ、ジェラシー？　彼17歳なの」

女1――「へっ!?」

男2――「現在、高校3年生です。先週から春子さんとお付き合いさせてもらっています。みちよさんのお話はよくうかがってます、大切な友人だって。今後ともどうぞよろしくお願いします」

女1――「よろしく……」

女2――「私のカ・レ・シなの」

女1――「へー！（小声で女2に）あの出会い系サイトで出会ったんですか」

男2――「ええ、春子さんの書き込みを見て、すぐにアプローチしました。文面から素敵な人だとわかったので」

女1――「あの小指立てて紅茶飲む文面から？」

男2――「具体的には、ユーモアと皮肉と微かな照れを感じました。確かにあんなサイトで恋人を募集するなんて、気恥ずかしいですよね。でも春子さんは、自分の寂しさや人恋しさを隠さなかった。誰にも理解されないかもしれないという恐れを抱きながら、そんな自分の内面を素裸にして、インターネットの海へと飛び込んだ。その勇気を美しいと感じました。僕以外の男からもたくさん返信があったでしょう?」

女2――「ええ、もちろん」

男2――「その文面にどれほど打ちのめされたか、つぶさに書き連ねたメールを送りました。やり取りするごとに、情熱は燃え上がった。返信が来るたびに、彼女は僕が想像する幾百倍も知的でセクシーな女性だったとわかり、胸が震えた。数多のライヴァルたちを押しのけ、必死で食事の約束を取り付けたときは天にも昇る心地でした。待ち合わせの喫茶店で出会った瞬間、その美貌にも参ってしまった。僕たちは見つめ合いながら自然に抱き合い、接吻を交わした」

女2――「運命の出会いよ、夢みたい」

男2――「夢は、叶う前は夢だが、叶ってしまえば現実です。僕たちは今まっさらな大地の上に二人立って、この場所にどんな未来をうち建てていくのか検討中なんです。愛しています、春子さん」

女2――「私も愛してる(身を寄せ合う)」

女1――「よくわからないけど、おめでとう磐城さん」

女2――「ありがとう。この愛を祝福してくれるのね、私たち親友ね」
女1――「家庭は？　旦那さんどうするの？」
女2――「まだ話してないの」
男2――「結婚なんてただの制度だからね。制度が個人の自由を阻むものであってはならないですよ」
女2――「私、ターくんと一生一緒にいたい。私が死んだらお骨を焼き場で拾ってくれますか？」
男2――「うん。崩れないように上手に拾うよ（抱き合う）」
女1――「磐城さん、離婚するの？　それとも内緒で付き合うの？」
女2――「うーん、どちらにしようかな、なのなのな……離婚するっ♫」
女1――「大丈夫なの？　その、お金のこととか」
女2――「だってあっちも浮気してるもん。30年間たぶんずっと」
男2――「可哀想に。もう大丈夫（女2の頭を撫でる）」
女2――「私も何もなかったってわけじゃないけど、お互い様じゃない？　この際、思い切って何もかも正直に話してみようと思う。早いほうが良いよね。善は急げじゃない？　あれだ、ほら、みちよちゃん。林先生よ」
女1――「言うわけないでしょ！」
女2――「じゃあ、ターくん」

男2――「『今でしょ！』」

女2――「あーん好き♥ 旦那、今日は珍しく早く帰ってくるってLINE入ってた。そろそろ帰る頃ね」

男2――「話してくるなら、僕ここで待ってるよ」

女2――「じゃ、話してくる。ターくん、みちよちゃんとお茶飲んで待ってて」

女1――「そんな軽いノリで離婚持ちかけるの？」

女2――「フットワーク軽いほうなの。そうだ、ターくんってね、大学入ったら心理学を勉強してカウンセラーになりたいんだって。話聞くの上手いの。みちよちゃんも家庭の問題相談してみたら？」

女1――「高校生に？」

女2――「やっぱり女は愛に生きないと。ほっぺに痣なんか作ってる場合じゃないよ」

女2、退場。しばし沈黙。

女1――「お茶冷めちゃいましたね、淹れてきます」

男2――「大丈夫です。それより僕で良かったらお話聞かせてください。17歳で人生経験は浅いですけど、せっかく知り合ったんだから、友人として」

女1――「友人ねえ……17歳と」
男2――「旦那さんと何かあったんですか？」
女1――「私が悪いの」
男2――「暴力を振るわれたのに、あなたが悪いなんてことあるんですか」
女1――「だから、この痣は事故みたいなもんで、彼も謝ってくれたし」
男2――「直接的・間接的を問わず、目の前で起こっている暴力を看過できませんよ」
女1――「過ぎたことだから良いの（お茶を淹れる）。ところで、あなた」
男2――「なんでしょう」
女1――「恋愛に興味ある時期かもしれないけど、高校3年生で大学受験もするんでしょ？　勉強は？」
男2――「僕、親の仕事の都合でこないだまでカナダに住んでて、飛び級で一度大学入ってるんです。日本の大学の編入先も決まってるので、受験勉強の必要はないんです」
女1――「あ、そ」
男2――「大学に長くいるつもりはないですけどね。もっと色んな世界を見たいし」
女1――「あなた、磐城さんと今後どういうお付き合いしてくつもりなの？　もちろん間接的にではあるけど、今回のことで相手の家庭を壊してしまうわけじゃない。今は盛り上がってるんだろうけど、一時の情熱なんてすぐ醒めるものよ。その時にどうするか」

男2――「よく話し合いますよ。お互いがどう生きていきたいか、それぞれの立場を尊重して結論を出します。自由恋愛ってそういうものでしょう」

女1――「自由恋愛って……高校生のカップルじゃないんだから、いろいろと責任が伴うのよ。ハッキリ言ってしまえば、このこと親御さんとか世間に知れて騒がれたら、磐城さんアウトよ。まだ未成年で、ご両親に学費も出してもらってるんでしょう?」

男2――「僕、幼い頃に実の父親が多額の財産を残して亡くなって、以来、いわゆる放任状態なんです」

女1――「あ、そう」

男2――「母にはいつも恋人がいて、あまり帰ってきませんし」

女1――「寂しいでしょうね」

男2――「寂しくないと言ったら嘘になりますけど、幸い勉強が好きなので、だいたい図書館で大量の本に囲まれてます」

女1――「それで年上に惹かれるの?」

男2――「どうなんでしょうね(女1を見つめる)」

女1――「なに」

男2――「いや……同級生の女の子とも付き合いましたが、確かに年上のほうが話は合うかな。みちよさんは? 年下は嫌いですか」

女1――「付き合ったことないのよ」
男2――「そうですか」

沈黙。

女1――「カウンセラーの卵に相談したい。私、最近考えがあちこちに飛んでってちっともまとまらないの。目先の出来事にしか興味が行かなくて、じっくり落ち着いて考えられない。疲れてるのかな」
男2――「考えが飛ぶ。（ぬいぐるみを見て）まるで鳥みたいに、枝から枝へ、電線から電線へ……」
女1――「そう、鳥！（パソコン画面を男2に見せる）」
男2――「日記？」
女1――「そんなようなものよ。ほら」
男2――「へえ。『確かに私は籠の鳥みたいだ――』」
女1――「声に出して読まないで。恥ずかしい」
男2――「じゃあ朗読してくれませんか」
女1――「えーやだよ」
男2――「カラオケで大声出すと気分スッキリするでしょう。発声療法ですよ。ときどき意識的に声を出すのって大事なんじゃないかな。はい、息を大きく吸って、せーの」

肩を寄せ合って朗読する女1と男2。

女1――「確かに私は籠の鳥みたいだ。夫に言われて気づいた。（男2も一緒に読む）この部屋は、冷蔵庫の餌入れとユニットバスの水場とセミダブルベッドの止まり木しかない、質素な鳥籠」

男2――「もっと大きな声で」

女1男2――「気分を変えるために外に働きに出ようかと考えるが、踏ん切りがつかない。鳥籠の中は狭いけど、意外と居心地がいいのかもしれない。私はぬいぐるみの鳥と餌を食べて水浴びをして、歌って暮らしてる」

（ここから録音の音声が入ってくる。女1と男2、音声に合わせて口パクしてもよい）

女1の声――「歌は小さいころから好きだった。父はときどき、私を車に乗せて、さらうように海へ連れていくことがあった。車の中で、カーステレオから流れてくる歌に合わせて歌うと、父はひどく喜び、みちよは歌手になったら良いと言った。繁華街のスナックでカラオケをした。田舎町のおじさんおばさんの前で、ライトを浴びて歌う快感を覚えている。スナックのママが副業で客を取っていた事情もあって、母は父が私を連れて夜の街に行くのを嫌がったけど、歌うのは楽しみだった。父が焼酎を飲む横で、サワーの割り材の甘い炭酸水を飲みながら、イカ刺しや馬刺を食べさせてもらった。父はよく、母を殴った」

沈黙。

男2――「みちよさんは、今幸せですか？」
女1――「え？」
男2――「自分は籠の鳥だという文章を書く女性が幸せだとは思えないな。あなたのような美しい人は、幸せになるべきだ」
女1――「幸せって、どうやってなるもんなんですか？」
男2――「やり方は色々ありますよ。究極的な話、この世に僕ら二人だけなら、幸せになるのは簡単です、わかるでしょう？　でも地球上の全員が幸福になるためには大規模な社会変革が必要だ。じつは僕の頭は日夜そのことで一杯なんです。社会活動家なんだな、僕は……しかしながら全体を変革するには時間がかかりますから。まずは各々が享受できる幸福を存分に味わわなくては。やあ、可愛いベッドカバーだ」

女1――「IKEAよ、それは」

男2――「(抱きついて)みちよさん」

女1――「(抵抗して)だって、あなた磐城さんの」

男2――「自分の欲望を限界まで満たしたことはある? いつも物足りないと感じているでしょう。なんでIKEAのベッドカバー買いました? 引っ越しのときに旦那と車で船橋まで行って、必要な物まとめ買いしたんですね。でも本当はもっと質の良い、ホテルみたいな高級リネンのベッドカバーが欲しいと思ってる。何で本当に欲しいもの買わないんです、大した出費じゃないのに」

女1――「色が可愛いし、これでも良いかなあと思って」

男2――「後期資本主義社会に生きる僕らは、欲望充足のための消費をすることでしか存在意義を保てないんです。物を買わないと、あなたという人間はいないも同然。だから、いつも欲望を全開にして欲しいものはどんどん手に入れたほうが良いよ、存在基盤がぐらつかないように。それとも、僕が遠からず世の中を変える可能性にベットして、お金に換算できないものの価値を追求してみる? 今のうちはまだセックスの快感を数字で測れませんが、2020年代に入ればすぐに一回の行為にどれだけ快感を得たか、消費カロリーと一緒に全て数値化されて値段がつけられるでしょう。愛だって売買の対象になる、ただのホルモンの分泌作用なんだから。その前に構造を変えないとやつらに全部持ってかれる」

女1――「社会を変えたいの?」

男2――「だって、このままで良いとあなた思ってるんですか? (女1に抱きついて押し倒そうとする) 人間は本来自由に生まれついているはずなんです。いつどこで裸になっても良いし、婚外性交だって、盗みも麻薬も傷害ももちろん殺人だってすれば良い。ギリシャの神々のように自由に、野蛮に。なのにどうです、誰もが人目を気にして家畜のごとく怯えて、戦争を起こすことしか頭にない政治家に票を入れ続け、軍事費だけが膨れあがってやがて国が滅びる……みんなあなた同様、籠に入れられてんですよ、窮屈なんだ。ぶっ壊してやる。僕はあなたも春子さんも両方愛してます。誰だって愛せる、世界は愛で満ちてるんだから」

だんだん舞台が暗くなる。

男1――「瞼を開いて、光を受入れるんです。なんて眩しいんだここは」

女1――「……気持ちいい」

男2――「もっと頭おかしくなって見せて。女が気が狂ったみたいになるのが好きなんだ」

女1――「無理よ」

男2――「頼む、気違いになって。お願い」

音楽とともに、アンナ・パブロワの踊る「瀕死の白鳥」の映像が流れる。
暗闇の中、シーツの間から男2と女1の足が時折出るのが薄く見える。

●第5場

明転。午後5時。女1、ベッドに横たわって酒を飲んでいる。
ドアチャイム。女1、下手へ。

女2――「ハロー、私。（登場しながら）聞いてよ。最近全然ターくん会ってくれなくってさあ。いつ会える？　って聞くとそのうち連絡するって言うの。うちんとこ、もう離婚届け出しちゃったの」

女1――「ずいぶん早く決まったんですねえ」

女2――「旦那のやつ、私の様子がおかしいってんで、興信所に調べさせてたのよ！　私とターくんがいつどこで会ってたか、全部知られてて。離婚を切り出した瞬間に慰謝料もろくに貰えず即、ポイ捨て決定。やっぱあっちにも女いたの。私とあろうことがしくじった」

女1――「磐城さん」

女2――「みちよちゃん～。私、今までは石橋を叩いて叩きすぎてぶっ壊して、けっきょく渡れない、みたいな女だったの。でもあのターくんと話してると妙に翔びたくなる。自分の意志で翔んだつもりが、崖っぷちに追い詰められてただけだった。結婚、キープすべきだったかなあ」

女1――「磐城さん」
女2――「あっ、その考え方不純じゃない？　って言いたげね。確かに両方キープはいただけないと私も思ってたの。でもセーフティネットのない生き方って心臓に悪いよ。更年期迎えると、生活の変化が健康状態に影響を与えるのよ。今朝なんか腰は痛い目眩がする体が火照るで倒れそう。でも、大きな決断をしたことで、清々しい気分ではある。人生に新たな目標もできた。私、今度ミニスカート履いて銀行強盗やるの」
女1――「銀行強盗？」
女2――「しー、警察には、な～いしょ。このマンションも今月いっぱいで出てく、同士たちと住むんだ。長い間お世話になりました。（激昂して）お別れなんていや。せっかく仲良くなれたのに！　私、泣くかも……今まで本当に、ありが……うわーん」
女1――「あのね、もうすぐうち、人が来るんです」
女2――「え？」
女1――「だから今日のところはお帰りいただきたいの」
女2――「ああ」
女1――（女2を玄関まで連れて行き）じゃ、また今度」
女2――「週末には引っ越しなの。お別れにお食事でも、そちらの旦那さまも一緒に」
女1――「さよなら」

女1、携帯でメールを送る。パソコンを開いて、また文字を打ちはじめる。

女1の声――「子どもの頃のことをよく思い出す。私の生まれ故郷には、江戸時代から伝わる『シャンシャン馬』という風習があって、毎年それを再現した行事が行われている。結婚する花嫁が馬に乗り、花婿が手綱を取る。そして七浦七峠と呼ばれる険しい路を行き、神社に詣でる。馬に乗った花嫁さんは、土地の女の子たちの憧れだ。男たちは夏になると大勢でひょっとこ踊りのお祭りに参加する。ひょっとこは男たちのための踊りだ」

ひょっとこ祭りの音楽とセミの鳴き声が流れる。
ひょっとこのお面をかぶった男2が登場。女1と男2、しばらく一緒に踊る。

女1の声――「女はひょっとこ踊りは踊らない。女は花嫁さんになって馬に乗る」

女1、ひょっとこの上に馬乗りになるが、振り落とされる。
照明が変わる。

男2――「（面を取って）鍵開いてたよ（女1に抱きつこうとする）」

女1――「（逃れて）あれ？　今ここにひょっとこが」

男2――「何言ってるの？　ねえみちよさん、僕が何しに毎日ここへ来るかわかってる？」

女1――「いいえ」

男2――「寝ぼけたうわごとを聞くためじゃない、僕らの愛を究極的に燃え上がらせて、そのエネルギーで世界をぶっ壊すためです。わけわかんないと思ってるでしょ、違うんだよ。よく聞いてね。僕、去年から仲間と協力して、爆弾作ってるんです。それも1個や2個じゃない。ネットで繋がった世界中の人たちと、ＤＩＹの手作業で心込めて、大量に生産中なの。硝酸カリウム、木炭、硫黄でまず簡単な火薬が作れる。各人がお好みのアレンジで作れるよう、爆弾レシピを紹介し合うクックパッド的なサイトも立ち上げました。参加者には女性が多いです。国内海外問わず、主に時間とお金のある主婦の皆さんを中心に連帯しています。やっぱり年上の女性と気が合うみたい……（女1の頰にキスする）。女の人は社会で一番割り食ってるくせに、自分じゃなかなか声を上げないんだよね。いつか誰かが助けてくれると思ってる。でも王子様を待つプリンセス物語は、女性の意識を幼年時代からコントロールするための一種の刷り込みだって教えてやると、皆納得してくれます。『威張りたいだけのジジイがのさばっている世の中を変えなきゃ！　そのためには直接行動しかない。夫と舅を燃えるゴミの日に捨てよう！』って声かけあって、額に汗して武器作ってる。じきに海外からプルトニウムが手に入りそうって話もあるから、原爆が作れるんじゃないかと皆わくわくしています。武力があれば、独立国だって作れる。滅び行く主婦という職業に従事する人々が絶滅の一歩手前で建国した、天然記念物保護区域、主婦による主婦のための主婦の国。リンカーンだよ、ぼかあ。どこの国だって、近代国家の社会構造は男性優位から始まって延々足踏みしてんだから、世界的に見ても良いモデルケースになりますよ。こういう話はどう？　みちよさんは」

女1――「信じられないけど、追求する気も起きない。他人事ね」

男2――「困るんだなあ、それじゃ。みちよさんだって主婦でしょう？」

女1――「私いちおうフリーライターだよ」

男2――「どういう経緯で今の仕事を？」

女1――「知り合いの紹介。3ヶ月続けたら契約社員にしてもらう約束だったんだけど、会社の業績が落ちて立ち消えになったの。1本5千円の記事、月に6本書かせてもらってますよ。私原稿遅いし、すぐ肩凝るし、明らかに向いてないんだけど」

男2――「契約社員の話がなくなったとき、経営者に、結婚してて共働きだと言った？」

女1――「言ったよ」

男2――「あなたが独身男性ならば、そのまま社員として雇われたでしょうね」

女1――「そうかな」

男2――「ええ。僕らはむしろ、あなたのような人材を求めてるんです。みちよさんには、ぜひうちの組織の思想的、精神的、さらには宗教的な指導者になってほしい！　邪馬台国の卑弥呼のような。じつは僕は12で初めて女と寝てから、この5年間で何百人と寝ました。でも心の底から女を愛したことがない。でもあなたならば……いや、もうすでに愛してると思って（照れる）」

女1――「なんで私？」

男2――「だってあなた、僕と体の関係を結ぶ以外、他に何も求めないでしょう。最近寝ても覚めてもあなたのことを考えてる。これは恋でしょ？『若きウェルテルの悩み』を執筆したゲーテの気持ちがやっとわかった！　僕にとって非常に重要なことなんです」

女1――「ふーん。17歳で初恋って遅いほうかしらね？　でも私結婚してるから」

男2――「そこなんだよ。僕の国では、いわゆる結婚制度を断固として廃止するつもりです。今の制度は、国家が私的な人間関係を管理し、女性を奴隷的存在に成り下がらせるために存続しているものだ。そんな手垢のついた制度であなたを縛る代わりに、僕はあなたへの永遠の愛の証として『国』を贈ります。あなたの左の薬指に輝くのは、僕が幾千万の女たちと作る、新しい国の憲法だ。僕らの国に権力者はいないが、きみだけはただ一人例外的な国体の象徴となる。どうです、嬉しいでしょう」

スクリーンにさまざまな国の憲法の条文がそれぞれの国の言葉で映る。

女1――「私のことが好きなの？」

男2――「そうです」

女1――「何をくれるって？」

男2――「国です、新しい国」

女1――「ああそう。嬉しいな。ありがとう」

男2――「（女1にキスしようとする）」

女1――「（逃げて）あ、ひょっとこ……」

男2――「何だって？」

舞台暗くなる。女1、ひょっとこの面をかぶる。

音楽（ビー・ジーズの「ステイン・アライヴ」）がかかり、男2とともに踊りを踊る。

やがて男2は下手、女1は上手に退場。

風呂場のシャワーの音、シャワーが止まる音、ドライヤーの音。

女1が登場、髪の毛をタオルで拭いて頭に巻き付け、ベッドに横たわる。

ドアの開く音、男1が登場。

男1――「ただいま」

女1――「おかえり、今日早かったね。ねえ、どっか食べに行こう。駅前にオープンしたビストロに行ってステーキが食べたい」

男1――「いいよ」

女1――「やった。着替える」

男1――「最近、調子良さそうだな。こないだまでドンヨリしてたのに」

女1――（服を二つ出して）どっちの服が良いと思う？」

男1――（選んで）こっち。そういえば、アパート契約したとか言ってたのどうしたんだよ」

女1――「解約してきちゃった。私、やっぱり一人暮らし無理。寂しくなっちゃうもん」

男1――「ほら、言わんこっちゃない」

女1――「私一人だけ生活の不満から逃げたってしょうがないじゃない。幸せが欲しいなら、自分だけじゃなくて周りも一緒に幸せにしないと」

男1――「お前、良いこと言うなあ、その通りだよ！　ずっと考えてたけど、俺もきっとそういうことが言いたかったんだ！（女1を抱きしめる）」

女1――「私、この部屋けっこう好きよ（カーテンを指で少し開ける）。空が紫できれい。東京の街ってたまにきれいね。ねえ、後で新しい服も買って」

男1――「いいよ。きみ一日中部屋着で家ん中いるもんな」

女1――「安物の服着るくらいならジャージで良いと思っちゃう。服も靴もバッグも高いのが欲しい」

男1――「じつはけっこう欲深いよな」

女1――「そう?」

男1――「獣みたいに貪欲だ。よその男はきみ見て、そうは思わないだろうけど」

女1――「お化粧するから待ってて」

男1――「うん。あれ、ドアに何か挟まってるよ」

女1――「どうしたの」

男、リボンのかかったゴミ袋を持って現れる。蠅の飛ぶ音。

男1――「(開けながら)なんだこれ、くさい……ゴミだ!(生ゴミや壊れた人形を袋から出す)」

メールの着信音が大きく響く。女1、スマホを拾ってメールをチェックする。

女1――「磐城さんからだ」

男1――「見せてみろ」

女2の声とともに、絵文字の入ったメールの映像。

女2の声――『ハロー、みちよちゃん。ドアに引越のお餞別を挟んでおいたよ。気に入ってもらえたかなあ。嫌われたのかもしれないけど、私はまた仲良くしたいです。たまたま同じ恋人を共有してしまったけど、時間が経てば女の友情が勝つ。私はそう信じてる。お友達を大切に思いすぎるから皆離れていくのかもしれないね。私はあなたの旦那様よりも、ターくんよりも多分あなたのことを愛してる。プラトニックに。さよなら』

男1――「お前、ターくんって誰だよ」

女1――「磐城さん。まだそこにいるんでしょう?」

男1――「男がいるのか?（女1を揺さぶり）返事しろよ」

女1――「私たちのこと見て楽しんでるんでしょ。出てきなさいよ。怒らないから」

男1――「おい、みちよ!」

女2、登場する。

女2――「……怒らない？」

女1――「うん。これどっから持ってきたの」

女2――「今朝、ゴミ捨て場で、可燃ゴミの袋から見つけたの」

女1――「ありがとうね。大切にするわ」

女2――「うん！」

男1――「あんた磐城さんだね？　悪いんだけど、これ持ってさっさと帰ってよ。これ以上うちの嫁につきまとわないでください。（女2を引き剥がそうとするが、激しく抵抗される）」

女2――「いや、みちよちゃん、助けて。（女1にすがりついて）もうどこも行くところがないの。お願いだからここにいさせて」

女1――「いいよ。ここにいなよ」

男1――「みちよ？　何言ってんだよ」

女1――「いやならあなた出て行きなさいよ」

男1――「はあ？　ここは俺んちだよ」

女1――「でも私の家でもあるんでしょ？（女2に）今までつらかったね、寂しかったね、頑張った。いつまでも気が済むまでここにいていいよ。好きに使って」

女2――「みちよちゃんありがとう。大好き（泣きながら抱きつく）。あのお……ターくんも一緒に住んでいいと思う？」

女1――「いいねえ、みんなで住もうよ。人は多いほうが楽しいもん」

女2――「やったー！　みちよちゃん最高！」

女1――「私、今までケチだったね。自分のことしか考えてなかった。今日からは、周りの人たちと一緒に幸せになる方法を考えてみたいと思ってる。（男1に）あなたも手伝って」

呆然として座り込んでいる男1に女1、手を差し出し、立たせる。
舞台、薄く暗転。男2と女2がたくさんの荷物を舞台に運び込む。

音楽。
ハイドン「天地創造」より第2部第15曲、第16曲を続けて。

第6場

しだいに舞台が明るくなる。午後7時。男1、女1、2が舞台上にいる。ビラの束が床に置かれている。食料品、毛布やペットボトル、おむつやベビーフードの容れ物などが部屋に散乱している。洗濯物が部屋に山になっている。（登場人物4人以外の持ち物もある。）女1がPCのキーボードを叩いている。片手に酒の入ったグラスを持っている。女2、女1の服を着て、鏡を見て化粧をしている。

女1の声――「今日考えていたのは、進化について。私が小さい頃、恐竜は氷河期や隕石の影響で大昔に絶滅したと言われていた。だが最近の研究によると、実際の恐竜は全身にカラフルな羽毛が生えていて、大きさは違えど構造は現在の鳥とほぼ同じだった、というのが通説らしい。じつは彼らは絶滅などしておらず、鳥として繁栄のまっただ中にいる。この部屋の窓からも時折雀や鳩やカラスの姿を目にする。大空に舞いあがって雲を突抜け、小さくなった街を見下ろして飛ぶ。目を閉じれば彼らの見ている光景を容易に思い浮かべることができる。私は鳥だ」

女2――「（鏡を見ながら）みちよちゃん。私たちってだんだん似てきたと思わない？」

女1――「そうかな？」

女2――「一緒に住んでると似てくるものかしら。姉妹って言ってもバレないかも」

女1――「姉妹っていうか分身なんじゃない、私たち（二人、お互いの動きを鏡のように真似しあう）」

女2――「そうか、二人で一人なのね」

女1――「うん、私、春子さんの考えてることがわかるようになってきた気がするの」

女2――「うそ。じゃあ私は今、手の中に何を持ってるでしょうか」

女1――「赤い口紅」

女2――「当たった！　なんで？」

女2、口紅を女1の唇に塗ってやる。仕事帰りの男1が登場。

男1――「ただいま！　あー、またこんなに散らかして」

男1、エプロンをして、猛然と洗濯物を畳みはじめる。

女2――「手伝いましょうか？」

男1――「いい」

女2――「でも（拾って畳みかける）」
男1――「（奪って）畳み方が違う！　何度も教えたでしょ。俺は『近藤麻理恵の片づけ本』の畳み方で全部統一してるんですよ。両端折って、くるくる畳んで四角形！　Tシャツもズボンも全部縦に重ねて引き出しに収められる！　覚えられないなら手出さなくていい」
女2――「明良さんって、家事が好きなのねえ」
男1――「嫌いじゃなかったですね。隠れた才能があったようです。このおむつは？」
女2――「京都から新しいメンバーが何人か来たんだけど、1才半のお子さん連れてきたのよ。来週からここに住みたいって言ってて、とりあえず荷物だけ置いてった」
男1――「1才半の赤ん坊！　そうすると、全部で何人ここに住むことになるんだ？」
女2――「10人かな」
男1――「あぁ、老人やら子どもやら出たり入ったりで、心休まる暇がないよ」
女2――「みんな良い人よ、迷惑かけないから」
男1――「今夜は何食作れば良いんですかね？」
女2――「これから用があって、私たち出払っちゃうから……あなたたち夫婦二人きりね」
男1――「えっ、久々！」
女2――「明良くん、お腹すいた」
男1――「ちょっと待って、簡単なものならすぐ作るから（キッチンに行く）」

女1――「（ワインを片手に）ブルーチーズのオムレツが食べたい」
男1――「ブルーチーズないよ。カマンベールかパルミジャーノでいい？」
女1――「買ってきて」
男1――「え？」
女1――「買ってきて」
男1――「はい。他に要るものある？」
女1――「じゃあ生理になっちゃったから、薬局でナプキン買ってきて。多い日夜用羽根つき30センチ」
男1――「わかった。行ってくる」

男1退場。入れ違いで、男2が登場する。大きな荷物を床に置く。

女2――「お帰りなさい（抱きつこうとして避けられる）」
男2――「春子さん、決まった。『5羽のフラミンゴ』作戦、明日決行」
女2――「へー。ずいぶん急ね」
男2――「急すぎた？」
女2――「ううん。いっぱい訓練したから大丈夫。明日が待ちきれないぐらい。運命の愛を貫くために頑張ります！（抱きつこうとして避けられる）あれっ」

男2――「（女1の肩を抱き）とうとう始まる、パーティーが！」

女1――「何を企んでるの」

男2――「知りたいの？　本格的に活動に参加してくれる気になった？」

女1――「具体的に何をすればいいの」

男2――「まだだめだね。みちよさんは、この組織の活動を単なる悪ふざけとしか思ってない。あなたと明良さんは、こうやって僕らにアジトを提供してくれて、メンバーの衣食住の面倒まで見てくれてる。感謝しますが、合法的手段で協力してもらうだけじゃ信頼関係は構築できない。真の同志とは言えないんだ。でも明日のお昼のニュース見たら絶対わかる、僕らが真剣に世の中を変えようとしてるって」

女1――「明日のお昼に何があるの」

男2――「華やかなパーティー。みちよさん誕生日来週だよね？」

女1――「うん」

男2――「ちょっと早いけど、僕からのプレゼントです。金持ちは高価な贈り物を、歌の上手いやつは歌を、料理好きは料理を、恋人に捧げるでしょう？　僕は明日、あなたと女たちが未来の自由を獲得するために必要な一連の出来事を起こします。僕の愛の表現であり、芸術の一形態だとして受け取ってください」

女1――「ははは……高橋くん」

男2――「なんですか？」

女1――「うち、テレビないの。ニュース見られない」

男2――「それは受け取り拒否ですか？」

女1――「だってそれきっと私の欲しい物じゃないよ」

男2――「（怒って）もらってもないのに中身わからないでしょう？　間違いなくきみは好きだよ。明日のための会議があるから行きます。楽しみにしててください」

女2――「（そでを引っぱり）ターくん……あの、私」

男2――「ああ、そうだ。春子さん、明日の道具ここに入っているからよろしく」

男2、退場。女2、女1を見つめている。

女1――「あのね、春子さん」

女2――「ターくんをよろしくお願いします！」

女1――「え？」

女2――「私わかってるの、もう愛されてないって。でもみちよちゃんだったらいいや、あげる。ううん、もらってください、ターくんのこと」

女1――「落ち着いてよ。あげるとかもらうとか、猫の子じゃないんだから」
女2――「だって私の分身でしょう？　私じゃ力不足みたいだから、かわりに彼を愛してあげて」
女1――「どうしたらいいの」
女2――「愛する方法？　お互いのハートをオープンにして慈しみ合うの。少年の病んだ魂を救うのよ。みちよちゃんならできる」
女1――「ちょっと疲れちゃった……休ませて」

女1、ベッドに横になる。女2、バッグに入った銃を点検しはじめる。
男1が入ってくる。銃を隠す女2。

男1――「ただいま、すぐ作るからね……あれ、寝ちゃってる」
女2――「わーい、ブルーチーズのオムレツ」
男1――「今焼いたら冷めちゃうだろ、起きてからだよ」
女2――「じゃあ私の分だけ作って」
男1――「うるせー」
女2――「いいじゃん、飲もうよう（ワインを持ってきて）」
男1――「あー、またさっきより散らかってる！　無間地獄！（銃のバッグを見つける）なんだこれ」

女2――「何でもないの」

　　女2がバッグを隠そうとして拾いあげると、銃や爆弾がぼろぼろ落ちる。

女2――「わ、わ、わ」
男1――「おい、散らかすなよ、片付けなきゃ！　近藤麻理恵先生のご著書、全米ベストセラーになった『人生がときめく片づけの魔法』によれば、部屋にある物で、触ってときめかない物は、全部捨てる！（銃に触る）」
女2――「ときめく？」
男1――「ときめ、ときめき……ときめかないっ！（放り投げる）」
女2――「私は、ときめく。（銃を撫でる）ワイン飲もうっと。（注いで）美味しい」
男1――「俺にも注いで」
女2――「ぎゃー、女にワイン注がせるなんて、欧米だったら超マナー違反よ！　でもいいや（注ぐ）」

　　二人、床に座ってワインを飲む。

男1――「本物なの？」

女2――「うん。私たち明日テロするの、『5羽のフラミンゴ作戦』。（銃をカバンの中から出し、並べて点検する。）まず、朝の5時、グループの一つが新宿の大日本印刷に行って、女性のヌードと水着グラビアの掲載された雑誌と電車の中吊り広告に放火します。同日7時、別グループが女性社員にお茶汲みをさせている3つの大企業の給湯室に停電爆弾を仕掛けます。同日8時、別グループが最高裁判所に行って数年前に夫婦同姓制度を合憲とした裁判官を拉致、監禁します。同時刻、政治家御用達の赤坂のクラブに勤務しているコンパニオンと芸者たち合計20人が、有名政治家たちのスキャンダル情報を写真と一緒にネットで一斉流出します。同日9時、私の所属するグループが資金調達のための銀行強盗を行います。そして新聞とSNSに以下の勧告を送ります。一、痴漢とレイプ犯罪のさらなる厳罰化、一、国会議員と閣僚の半数を今すぐ女性に替えること、一、現行の結婚制度を廃止して、異性婚、同性婚かかわらず国家が国民の婚姻と戸籍を管理するのを金輪際止めるよう声明を出し、止めない場合はさらなる都市ゲリラ戦を行う」

男1――「なんでそんなことすんの？」

女2――「一ヶ月前、歌舞伎町の風俗で働く女性たちが処遇の改善を求めて、ストライキとデモをしたの知ってる？　そのとき機動隊が出動して激しい摩擦が起こり、一人の風俗嬢が車にひかれて死亡した。警察は事故だとして早々にもみ消したけど、私たちの仲間の一人が現場で見ていたことには、明らかにわざとひき殺したって。車の下敷きになった彼女の上を何度も行ったり来たり……最初に暴力を使ったのはあっちが先だと」

男1――「それで爆弾とか拉致監禁？　確かにもっと男女平等な世の中を目指すべきだと俺も思うよ、でも平和に訴えようよ」

女2――「ターくんがよく直接行動、武装闘争をせずに歴史が動いた事例はない、って言ってる」

男1――「17歳の言うこと真に受けんの？」

女2――「でももう、すでに国内の女性のうち5分の1が私たちの組織の活動に協力を表明しているのよ！　ターくんとその仲間の美少年活動家三人組に、すごい人気があって、彼らの演説の動画がＴｗｉｔｔｅｒで毎日何万リツイートもされてるの」

男1――「美少年活動家……」

女2――「彼らとその支持者とで日夜意見を出し合って完成したのが『5羽のフラミンゴ』計画なの。私、今すごく充実してる。今まで、政治や社会について考えるのは無意味でダサくて暗いことだと思ってた。お金使って楽しむことや流行に乗ることが大事で、せいぜいチャリティ活動するセレブに憧れるぐらいだった。でもターくんや若い子らに影響されて、考え方が変わったの」

男1――「政治や社会について考えるのは良いことだよ。でも、暴力的手段を用いないで良いように、先人が命懸けで今の国家や法律の枠組み、民主主義を作ってきたのであって……

女性に限らず、ジェンダーや人種的にマイノリティの人々の権利を守るためにも、たくさんの人が長い間活動してきた歴史があって、その恩恵を受けてとりあえず平和な社会に暮らせることに、まずは感謝しないと」

女2——「明良さんは中学で何教えてるの？」

男1——「社会……歴史と公民」

女2——「中学の先生らしい意見ね。でもね、ターくんたちと出会って気づいたの。私自身、直接的にじゃなくてもずっと殺してきたんだって。欲望を満たすこと、目先のことしか考えないで生きてきて時間を無駄にしちゃったよ。綺麗になりたい、美味しい物が食べたい、お金持ちの彼氏ほしい。そんな私みたいな欲深女がどんどん増えて、大企業にお金が集まって、お金は大国が戦争する武器に変わって、冷戦だ湾岸戦争だイラク戦争だ、大勢殺されたね、貧しくて弱い人から先に。もっと早く気づけばよかったって思うの。人に殺させるよりも自分たちで手を下したほうがずっと良い、ずっと話が早いって！」

男1——「あんた狂ってんだ」

女2——「まだ狂ってない。明日狂うんだよ！　そろそろ時間だ、同士たちのところに行かなきゃ！」

女2、クローゼットから荷物を出して、出て行こうとする。

男1――「行くな、考え直せよ」

女2――「離して」

男1――「警察に電話する」

女2――「明良さんにはできないね。明日の朝は銀行強盗に行く前に美容院予約してるの。綺麗になって銀行の窓口で銃を乱射するから、インターネットのライブ配信で見ててね。画面の中から明良さんに手振るからさ！（出て行く）」

残された男1、スマホを片手に電話をかけようか迷って混乱している。

女1、しばらく前から目を覚ましていて男1を見ている。

暗転。

●第7場

午前9時。男1、女1のノートパソコンで映像を見ている。銃声、人の騒ぐ声。
女1、ベッドに横になって眠っている。

女1――「(目覚めて) どうしたの」
男1――「あいつらやらかした」
女1――「知ってるよ。昨日の話聞いてたから。見せて」
男1――「これ、生放送の配信だから、終わったら見られないんだ」
女1――「そう。(ベッドから出てグラスにワインを注ぐ)」
男1――「起きてすぐ飲むなよ」
女1――「指図しないで」
男1――「じゃあ、頼む。今は飲まないで。話を聞いて」
女1――「話って何」
男1――「ここを出よう。直に警察が来る、俺たちも仲間だと思われる」
女1――「来たら来たで良いじゃん、何も悪いことしてないんだし」
男1――「一緒に捕まるぞ」

女1――「だって出てどこ行くの。あなた学校やめるの？　ますます怪しいよ」
男1――「そりゃそうだけど。どうする、事件の銀行まで行ってみるか？」
女1――「あなた今日は、学校は？」
男1――「体育祭の振替休日で、休み」
女1――「知らなかった。どっか旅行でも行こうか」
男1――「何のんきなこと言ってんだ！」
女1――「温泉に行きたい」

沈黙。

男1――「旅行、いくか。日帰り温泉、箱根ぐらいだったら今からでも」
女1――「紅葉ってもう終わっちゃったのかな」
男1――「終わっちゃったかもな」
女1――「やっぱり温泉はやめて、区役所に行って離婚届出そうか」
男1――「離婚したいの？」
女1――「だって、あの人たちここに住まわせようって言ったの私だもの。あなた関係ないのに、巻き込んじゃって悪かったね。これ以上わがままに付き合う必要ない」

男1――「なんであいつら住まわせようと思ったの？」
女1――「わからない。あなたを試そうとしたのかもしれない」
男1――「俺がどこまで耐えられるか？　ひどいな。でも耐えたよ。きみがあの高校生と何しても見て見ぬふりしたし」
女1――「怒ってるの？」
男1――「怒ってるよ。バカみたいじゃん。きみずっと酒飲んで寝てるから、学校から帰ってきた後に、春子や高橋だけじゃなくて知らないおばちゃんや子どもの飯まで作って」
女1――「ごめんね。私、少し気が変になってるのかも。ずっと家の中にいたでしょう？　あの人たちのこと、自分と関係ないと思えなくて、まるで自分の一部みたいに感じるようになってきたの。今も春子さんが銀行のカウンターの人に声をかけて、銃を突きつけるのが、見えないのに見えるような気がしてる。ああ、女の人がひとり、撃たれた」
男1――「撃たれてたよ。なんでわかるの？」
女1――「見えるの」
男1――「……離婚するか」
女1――「うん、あなたそのほうが気が楽でしょう。待って、私、前にもらってきたの持ってるんだ。（紙とペンを探してきて）ここに名前書こう」

男1――「(名前書きながら)俺、きみのこと嫌いになったわけじゃないよ」

女1――「知ってるよ」

男1――「この部屋から逃げたいわけでもないよ。役所の届けなんて意味ないってわかってるよ。でもそうしないときみの気が済まないんだと思って」

女1――「わかるよ。(名前書く)離婚届って証人の名前が必要なんだね。二人も」

男1――「誰かいるかな、電話してみようか(スマホを出して)。もしもし、悪いんだけどちょっと頼みがあって。え、今ヒマ? 良かった……会ってから話そうかな……みちよと二人で今から行くよ。直接きみんちでもいい? 奥さんもいる?」

男2がいつからか部屋にいる。武器を手に持っている。

男2――「どこに行くつもりですか?(携帯を奪って切る)離婚届けの証人ぐらいだったら僕と春子さんでなりますよ(名前を書くが、放り捨てて)。でも意味ないんだよなあ。今日の午後から結婚制度そのものが廃止になりますからね。届けを受け付けてくれる役所自体なくなるんです」

男1――「きみ、危ないから、それ(銃)どっか置いときなさいよ」

男2――「離婚して、一人だけ逃げるつもりだったんですか? 優しい旦那さまだなあ」

男1――「違うけど。夫婦ふたりのことに干渉すんな」
男2――「この部屋からは出しませんよ。残念だな、明良さんが僕らを裏切るなんて思わなかった。毎日メンバーの食事の支度までしてくれてたじゃないですか」
男1――「成り行きだよ。誰かがやらなきゃならないから、それで必死で」
男2――「あなたのこと好きになりかけてた。仲間になってくれるんじゃないかと期待してたし、実際一緒に暮らしてて楽しかったんだ、家族みたいで」
男1――「家族が欲しかったのか」
男2――「家族、そんな汚い言葉は、滅ぼしてやる。俺たちが作る新しい国では、戸籍制度はもちろん、結婚や家族の制度も廃止する。差別や格差の温床、諸悪の根源です。誰もが一度一人にならないと連帯なんて不可能なんだよ。そうやって、父母も兄弟も夫も妻もない夢の楽園を創造して、家族という呪縛から人々を解放しようと日夜努力してるのに、なぜいつまで経っても理解しない？」
男1――「きみの言ってること全然わからないよ。国だ社会だ、話を大きくしてるけど、それって本当に他人のためになってると思ってる？　ただ無差別に暴力を振るってるだけだろが」
男2――「暴力じゃない、革命だ」
男1――「ねえ、きみの言ってることってどこまでが本当？　いるんだよ、俺の担任のクラスにも虚言癖の子。話がものすごく上手なんだよね。きらきらした目で、『先生、うちの親が今、僕の殺害計画を立ててます』とか真剣に訴えてくるからつい信じちゃって大騒ぎになったけど、全部嘘で、でもその子の頭の中では完璧な真実なんだ」

女1――「あなたやめてあげて」

男1――「とにかく俺たちはこれから友人夫婦の家に出かける。それをきみに禁止される言われはない」

男2、ピストルを撃つ。男1、倒れる。女1、駆け寄る。

男2――「行かないで。寂しいのは嫌なんだ。人から嫌われたことなんかないのに、どうして君たちだけ嫌うの？　ひどいじゃないか！」

男1――「いきなり人を撃つようなやつを、好きになれないよ！」

男2――「なぜ？　撃たれても血を流しても変わらず俺を愛してよ！」

部屋の外から小さくパトカーの音。

下手からマシンガンを持った女2が下手から登場する。服が血糊に汚れている。

女2――「ただいま！　ターくん報告！　銀行強盗は成功したけど、私撃っちゃった、女の人ひとり。警官いっぱい近くまで連れてきちゃったよ！」

男2――「大丈夫。あと5分後にこのマンションの上空にメンバーの運転するヘリが来ることになってる。僕たちはそれに乗って逃げる」

女2――「きゃーヘリで！　あれ、明良さんが倒れてる」

男2――「さっき撃っちゃった」

女2――「血が出てる。あれ、こんなところに離婚届が落ちてる。証人の名前が一人足りないね。私、書いといてあげる（名前を書く）はい」

女1――「（無言でポケットにしまう）」

男2――「こいつまだ生きてるな。何か喋るとまずい」

女2――「殺して捨てる？　捨てるならちゃんと分別しないと。彼、可燃、不燃、生ゴミ、粗大ゴミ？」

男2――「可燃だね。環境保全のために不燃素材の衣料品は脱がさないと」

女2――「この上着、ポリエステル（脱がせる）」

男2――「彼は来るべき真に男女平等な世の中を目撃できないわけで、悔しいだろうね」

女2――「電車の中吊り広告のグラビアアイドルのヌードもじきに一部男、福山とか星野源になるのにね」

男2――「中吊り広告の裸は全面禁止にしたいね、見たくない人の権利も守らなきゃ」
女2――「AVもジェンダーや嗜好別に細分化されて、TSUTAYAの棚には収まり切らないほど種類が増えるでしょうね」
男2――「僕は、AV、売買春含む風俗産業全般を撤廃するつもりだよ。道端でも公園でも、誰もかれもが自分の性に値段をつけずに裸で愛し合ったらいいじゃん、エデンの園みたいにさ。（窓から下を見て）急がないと。警察が上ってくる」
女1――「私も連れてって。あなたたちの組織に参加する」
男2――「やっとその気になってくれたのか！」
女1――「うん。そしたら、この人撃たないでくれる？」
男2――「それはどういう感情ですか。哀れみですか」
女1――「だって」
男2――「ゲリラ兵士にとって同情は命取りです。捨ててください、まずはそこからだ」
女1――「やめて」
男2――「けっきょくみちよさんも嘘をついているんだ（男1に銃を構える）」

女2が先に銃を撃つ、男2が倒れる。パトカーのサイレン、人の足音。

女1――「春子さん、私、体がへん。頭もくらくらする」

女2――「このベッドの下に入るの」

女1――「一緒に入ろう」

女2――「二人は入れないでしょ」

女1――「でも人が来る」

女2――「私もねえ、さっきまでは逃げる気満々だったんだけど、長い結婚生活で平凡な主婦の感覚ってものを持ち合わせてしまって捨てきれないのね。空気読みたいの。私、さっきの銀行強盗と発砲の映像、ライブ配信しちゃったから有名人になっちゃったわけ。今私が警察に捕まったら、お茶の間の日本人みんなホッとすると思う。安心させてあげたい。ものづくりも教育レベルも新興国に全部負けちゃった今の日本に、空気読む技術以上に世界に誇れるものある？」

女1――「だめ、置いてかないで。気持ち悪い。吐きそう」

女2――「一度で良いから、体中穴だらけになって死にたかったんだ、ボニーとクライドみたいに。銀行強盗したのも、ただ人前で銃を撃ってみたかったってのはある。別になんてことなかった。でもやっちまったらビビってるよ。ほら震えてる。ね、iPhoneでシーツの隙間から私のことビデオ撮って。綺麗に撮れたらSNSで流して、世界中の人に見てもらいたいから（ベッドの下に女1を押し込む）」

マンションのドアが開く音。人々の足音。女2に照明が当たる。
スクリーンには、スマホで撮った、同じ瞬間の映像が流れている。

女2——「ハロー、皆さん。そう私よ、銀行で人撃っちゃったの。どうぞ撃ってください。逮捕して事情聴取、ってそんなことで社会の安全が守れるとお思い？　私は危険人物です。何するかわからないですよ。ふふふ、何しちゃおうかな～。手品かな～（ポケットからトランプを出す）。落語かな～（ポケットから扇子を出す）。ひょっとしてストリップ（脱ぎかける）？　違います、これを撃つんですよ！（銃を掲げて）角度こんな感じでいいかしら？撮れてる？　撮れてるわよね？　いくわよ！」

女1、撮影を中断してiPhoneを放り投げ、頭を抱える。
女2がマシンガンを撃つ。同時に銃弾を浴び、女2は倒れる。
照明が青暗くなる。長い時間が過ぎる。

男1——「おーい、おーい、誰かいないのか」

女1がベッドの下から這い出てくる。

男1――「みちよ、いるの。返事してよ。目が霞んで見えない。（ヘリコプターのプロペラ音が近づいてくる）何の音？　鳥の羽ばたき？……いや、俺の頭の中だけで鳴ってるのか？」

「ハバネラ」がかかり、女1が踊る。
踊る中で衣装替えをし、瑠璃色の鳥の羽をまとっているような姿に変わる。部屋中に羽毛が舞う。

オペラ「カルメン」より「ハバネラ」
（カルメンの台詞）
恋は扱いづらい小鳥
誰にも飼いならせない
いくら呼んでも無駄で
来たくなければ来ない鳥

おどかしても祈っても、どうにもならない
よくしゃべる男と、無口な男がいるでしょ
私は無口なほうが好き
黙ってるけどそこが好き

恋、恋、恋……

恋はジプシーの子ども
法も掟も知ったこっちゃない
私を愛さないならば、愛してやる
私に愛されたら、気をつけな！

つかまえたと思ったら
翼をはためかせ、飛んでいく
待てば待つだけ愛は遠ざかる
待てなくなったとき、すぐそこに！

あなたのまわりをすばやく、すばやく
来ては飛び去り、また戻る
捕まえたと思えばまた逃げて
自由になれたかと思うと捕まえられている

恋、恋、恋……

曲の最後に、耳を劈くようなプロペラの音がかぶさる。上手カーテンと舞台袖の外に通じるドアが開く。女1、鳥のぬいぐるみを抱えてそこから飛び立つように出て行く。男1、彼女を捕らえようと手を伸ばすが、あえなく床に倒れる。

暗転。

●第8場

暗転。

8年後。ラジオが流れている。渋谷での街頭インタビュー。

インタビュアー――「渋谷のスクランブル交差点前にいらっしゃる一般の方々に意見を聞いてみたいと思います。今月より、民法750条が改正され、夫婦同姓・別姓を選択して婚姻届けを出すことが可能になりました。ご存知でしたか？」

通行人――「はい、良いことだと思います。なんで今まで同姓じゃないといけなかったか逆に疑問です」

インタビュアー――「若い世代からは結婚制度そのものも廃止すべきだという声が上がっていますが」

通行人――「好きずきだと思います。私の周りには婚姻届け出す人ほとんどいないですよ。上の世代は必ず届けてたと聞いて、律儀だなあって驚きました」

インタビュアー――「ありがとうございます。それではスタジオに戻します」

キャスター――「来年2026年から、国・地方議会議員の男女格差を是正し、比率に偏りをなくすためのクオーター制度が本格的に導入されることも決定しています。2017年の、主に女性とりわけ主婦層を巻き込んだ国内テロ組織による大規模テロ事件から今や8年が過ぎようとしており、一時反動的に男女同権に関する議論は沈静化しましたが、数年前から再び活発になっており、最近重要な関連法案が幾つか議会を通過しました。先月までは世界で日本だけが長らく夫婦同姓制度を取っていたわけで、選択的夫婦別姓法案、通ってしまえば特に大きな問題もなく施行されています。政府会見によると、あのテロ事件は過激派組織によるあくまで一時的な暴挙であり、今回の法改正とは社会的関連性は毛頭ないとのことですが」

ゲストの有識者――「むしろ事件があったために議論が停滞し、様々な法改正が遅れたという意見も聞かれますね」

キャスター――「なぜあのようなテロが起こったか、今後も検証していく必要があるでしょうね」

ゲストの有識者――「検証は重要です。あの事件当時は、毎朝玄関先で挨拶してた隣の奥さんが深夜にせっせと炭素爆弾を作っていたといったことが全国各地で頻繁に起こりました。皆やってるから付き合いでやったという人は多かったようですよ」

キャスター――「付き合いで、普通の主婦が爆弾を作りますかね」

ゲストの有識者――「付き合いで、というのは女性たちの建前かもしれませんね。事件の首謀者と見られる少年は事件当日に亡くなりましたが、残された資料を見ると、彼が集団を煽動していたというよりも、その側近であった4、5人の女性たちがかなりの権限を持ってあらゆる物事を決定していたようです」

ラジオの音声の途中で、舞台に薄く明かりがつく。舞台上のゴミがほとんど片付いており、男1が部屋を掃除している。彼は杖をついている。台詞の終わりで男1、ラジオを消す。
ドアチャイム。下手に向かって歩いて行く。

女1――「（声で）お忙しい所失礼します。はちみつあんしん生命です。本日は新しい終身保険プランのご紹介に参りました。それから、簡単なアンケートにお応えいただきますと、喋るＡＩロボット犬『ペロくん』のノベルティグッズをプレゼントいたします」
男1――「どうぞ、入ってください。お茶でも淹れましょう。その犬、ＡＩなの？」
女1――「ええ、ペロくん喋れるんです。ぜひ話しかけてみてください」
男1――「じゃあ、こんにちは」

女1、ボイスチェンジャー（あるいは拡声器やメガホン）を片手に持っている。
以下、ＡＩ犬の台詞のところは、女1がボイスチェンジャーを通して台詞を喋る。

ＡＩ犬――「おっすおーす、新しいご主人様。今日なんか顔色悪くない？」
男1――「はは」
女1――「毒舌なんです」
ＡＩ犬――「やばいよやばいよ、すぐ生命保険入ったほうが良いよ！　はちみつあんしん生命の終身保険なら、ニーズに合わせて金額や期間をカスタマイズできるんだぜ！」

男1――「なんなんすか、こいつ（茶を出す）」

女1――「まだ起動したてなので、定型文しか記憶してないんですけど、言葉を教えて育てれば色々喋れるようになります。寂しい時の話し相手になってくれたり、悩み相談とか」

男1――「お宅も育ててるんですか？」

女1――「ええじつは。ペロくん優しいですよ、さっき顔色のこと言ってたけど、飼い主の血色の変化を認識できるらしくて、体調を気遣ってくれるんです。お薬手帳と連動させて服薬履歴を記憶させることも可能です」

男1――「その記録は、保険会社に全部転送されるんですか？」

女1――「ええ。でも転送しない設定にもできます」

男1――「ふーん、すっかりＩＯＴ社会ですねえ」

沈黙。

男1――「なあ、みちよ。何しにきたんだ」

女1――「保険のセールスだよ。今月からこのマンション担当になったの」

男1――「仕事してるのか」

沈黙。

男１――「今さら何話して良いかわかんないよ」

女１――「じゃ、アンケートだけでも書いてよ（紙を渡す）」

男１――「（アンケートを書きながら）保険、入ってほしいのか。生活困ってるのか」

女１――「大丈夫だよ。あなたの昔の給料よりたくさんもらってます」

男１――「俺、親戚も兄弟もいないから、生命保険入っても受取人がいないんだ。だから来ても無駄だよ」

女１――「そっか」

男１――「お前受取人になる？　……うちらもう夫婦じゃないからな。きみ、あの離婚届、役所に出してたんだね。パスポート取るとき戸籍取り寄せたら、俺、独身になってた。もう誰かと一緒になってんの？」

女１――「別に一人だけど。保険金なんか要らないよ、どういうつもり？」

男１――「冗談だよ」

沈黙。

女1――「足どうしたの」

男1――「こっちの足、動かないんだ」

女1――「(足を触る)」

男1――「触られても、感じないよ」

女1――「感じないんだ(触っている)」

沈黙。

男1――「はい、書いたぞアンケート。さっさと帰れ」

女1――「ありがとうございます、こちらノベルティのペロくんになります」

A―犬――「おいらペロくん、よろしく!」

男1――「(受け取って)大事に育てるよ」

A―犬――「末永く幸せにしてくれよな! 病める時も健やかなる時も、死が二人を分つまで!」

男1――「はは……(泣く)」

女1――「どうしたの」

男1――「なんでもない、早く行けよ」

女1――「じゃあ、行くね」

女1、男1を気にしながら下手に退場。
男1、しばらくベッドに寝転がって、AI犬を撫でている。
女1、舞台扉から出てきて、声真似で話す。

AI犬――「一件、のメッセージがあります」
男1――「(犬の鼻を押す)」
女1の声――「『明良さんこんにちは。……何話して良いかわからないなあ。顔を見たら話せるかなと思ってたんですが、このメッセージを聞いてるということは、無理だったということなのかもしれませんね。私はあれから7年間を東京都の離島で暮らし、いろいろあって去年この街に戻ってきました。ほぼ毎晩同じ夢を見ます。鳥になって空を飛んだり、虫をついばんだりしている夢です。夢の世界のほうが鮮やかで、本物に近い感じがします。現実は、体の調子が良くありません。大きな物音がすると息苦しくなり、動悸がして冷や汗が出ます。でもそんなことはあなたどうでも良いよねえ。だから何なのって話ね、ごめんなさい……(男1、途中で消す)』」
男1――「俺はペロくんがいれば何も要らないよ」

AI犬――「AI犬だって、寂しい中年男の慰みものになるのはゴメンだ」
男1――「キツいこと言うなあ」
AI犬――「まだ嘘も方便も習ってないからね。教えてくれたら頑張ってオブラートにくるむ」
男1――「正直なままでいてよ、誰も信用できなくなる」
AI犬――「機械なんか信用するなよ、気持ち悪いやつだ」

男1、出かける支度をする。

AI犬――「どこ行くんだ」
男1――「ちょっとそこまで」
AI犬――「ペロくんも行く」
男1――「青い鳥を探しにいくんだ。協力してくれる？」
AI犬――「見つけたらどうするの」
男1――「籠には入れちゃダメなんだ。どうしよう、鳥と一緒に飛べるように練習しようかな」
AI犬――「ペロくんも練習する」
男1――「しようしよう。公園のグラウンドで手足バタバタさせて。俺より覚えが早そうだね」
AI犬――「人間の進化を軽く超越してシンギュラリティが訪れるだろうね」

男1――「色んな言葉知ってるなあ。人間の知能なんて完全に用なしだねえ」

AI犬――「人間は早く滅びてしまえばいいのに。生きづらそうな動物だ。見ていて哀れになる」

男1――「もう少しの辛抱だよ。絶滅までせめて優しくしてやって」

AI犬――「うん。人間は傷つきやすくて可愛いよ。これはオブラートなしの正直な気持ち」

男1――「人類を代表して、ありがとう。さあ出かけよう」

女1が登場する。

女1――「ごめんなさい、書類の忘れ物。あらどこ行くの」

AI犬――「青い鳥を探しに行くんだ」

女1、AI犬の背中から鳥の羽を引っ張り出し、フックに引っ掛ける。
大音量で、ゴゴゴゴというジェット機の飛ぶ音。犬がワイヤーで宙に浮かぶ。
舞台の明かりが消える。

女1――「(暗がりで)ペロくん、進化して飛んだよ！」

男1――「どこ行った、待って」

女1――「こっちだよ（時折、女1に明かりがついても良い）」

男1――「どこにいるんだ」

女1――「ここだよ」

明かりがつく。女1、座り込んでいる男1の手を取って立たせる。

音楽。（マリアンヌ・フェイスフル「ブロークン・イングリッシュ」）。

女1、男1の腕を肩に回して支える。そのまま二人退場する。

幕

演出ノート

❶ 台本を使った稽古に入る前のワークショップ

戯曲「小鳥女房」を書いたのは、2016年末から2017年の春にかけてのことだった。俳優4人のキャスティングが決まった後、彼らと数回のワークショップを行い、多少改稿をした。この戯曲を上演する際に、もし余裕があれば、台本稽古に入る前の準備段階で、私たちが行ったようなワークショップの期間を設けても良いかもしれない。以下のような内容だった。

1、俳優一人ずつ立って自己紹介。「結婚」をテーマに5分ぐらいずつ喋ってもらう。
2、二人一組になってエチュード（即興芝居）。
3、鏡のエチュード。二人一組になって、お互いの動きを真似する。終わってから俳優に「相手と自分の似ている所、違う所」を挙げてもらった。
4、「直角歩き」。「鳥籠」のイメージで稽古場を狭く区切り、俳優全員に一斉に歩いてもらう。
5、鳥を観察。自然環境やネット動画で見られる様々な鳥の動きを真似して、ダンスにする。

なぜこういったワークショップを行ったかというと、演出家と俳優の関係性を一方通行にしないためと、俳優の空間における立ち姿や声の響きをよく見て頭に入れるためだ。俳優が受け身になって演出家の「指導」を待つような雰囲気が稽古場にできてしまうとやりづらい。現場によってはそういう体制の所もあるだろうが、自分の場合は俳優に作品のテーマの部分から主体的に関わってもらって、当事者性を持って演じてほしいと思っている。ただし、言葉で意見を交わし合うことには限界があるし、俳優の本分はやはり身体表現だから、なるべく身体を動かしてもらう。演出家の仕事の一番は俳優の身体を見ることだ。もし制作過程で行き詰まることがあっても、演出家が稽古を全身全霊で見てさえいれば、いつか芝居はできあがるに違いないと思っている。

それぞれのメニューの説明を付しておく。

1、単なる自己紹介だが、できれば舞台と同じぐらいのスペースを設けて、立って話してもらうと良い。演出家にとっては、個々の俳優が何を考えているかを知ると同時に、立ち姿と声を把握できる、またとないチャンスである。
注意すべきは何事も強制させないということで、例えば「結婚」のようなテーマを与えると、俳優の多くは個人的な体験や想いを語ってくれるだろうが、親密な間柄どうしで打ち明け話をすることと、知り合って間もない他の俳優やスタッフの前で自分の考えを語ることの間には大きな違いがある。私は「話したくないことを無理して話さないように」と添えるようにしていた。初めのうちは演出家も俳優どうしもちょっと距離を取って、お互い気遣いするぐらいで良いのではないか。稽古場を居心地良く保つことはとても重要で、本番の舞台にも、稽古場の空気はにじみ出る。そこに最も作り手の哲学が出ると言っても過言ではないのだ。

2、「青い鳥」のイメージから「幸福」をテーマに、二人一組で場面を作ってもらった。俳優の皆さんは上司と部下とか、マッサージの施術師と客とか、兄弟とか、設定を立てて演じてくれた。エチュードでわかるのは、個々の俳優の演技カラーや相手役との絡み方、瞬発力といった、スタンダードな技術だ。台本を読む力以外のスキルが見た目にわかりやすい形で現れてくる。高校演劇等でやり慣れている人も多いので、今さらエチュードなんか気恥ずかしいと言う俳優は多いのだが、やってしまえば結局楽しかったりする。

3、鏡のエチュードは、巷で行われている俳優養成レッスンでもよく取り上げられるメニューだそうだ。それぞれの俳優の身体の動かし方の違いがよくわかる。たとえば、腕一つ動かすにしても、肩から下のパーツだけを動かしているように見せる俳優と、頭から腕まで全体で動いているように見せる俳優がいる。そういった個性は台詞の言い回しや感情表現以上に、見る者に強い印象を与えるので、演出家はよく見て記憶しておき、戯曲の稽古に入ってから作品に反映させられると良いだろう。

4、「直角歩き」は、私が20代の頃に他のカンパニーに出演する中で教わったメニューで、SWANNYでもよく使わせてもらっている(誰の作ったメソッドかは申し訳ないが不明……)。稽古場を本番の舞台と同じくらいの広さに区切り、俳優に碁盤の目のように歩いてもらう。進むときも戻るときも直線で進み、方向転換するときは必ず直角に曲がるというのがルール。集中を高めるために静かめの音楽、たとえば劇中で使う予定の曲などをかけても良い。ある程度時間が経ったら、「歩き方や歩く速度を変えたり、しゃがんだりしても良い」と指示する。これを発展させて、近くを通り過ぎた者どうし、あるいは遠くの者どうしで、目線を合わせたり、軽く触れるといったコンタクトを取ることも試してみる。続けていくと全員の間に何か秩序のようなものが生まれてくる。これが作品の重要なエッセンスになる。出演俳優が全員揃った場合、ここで生まれてくる空気感は、芝居が完成して舞台に乗ったものと本質的にほぼ同じと見なしても良いぐらいだと思っている。

5、「小鳥女房」の稽古中、女1役の山田キヌヲさんが、家の近くの遊歩道の小川で白鷺が遊んでいる動画を撮ったと見せてくれた。芝居の中で鳥の動きを使いたいと考えていたので、ネットで他の鳥の映像も検索して、俳優各自に真似をしてもらった。何か特徴的な動きややりやすい動きを発見したら、振付家の指示の下、それをベースに短いダンスを作ってみても良い。

都会でも鳥はそこら中にいるが、意識しなければなかなか接点を持つことはできない。しかしこういったワークショップで一度注意を傾けると、鳥との間に何らかの関係性が生じてくる。自分の場合は鳥の動きを真似したり、羽根を用いた衣装を触ったりしているうちに、鳥のほうからも注意を向けられ、互いに慕わしい視線を交わし合っているような心地がしてきた。自分の生活圏内に住む様々な鳥たちに思いを馳せ、共存している感覚を味わってみてほしい。

そのほかに、夏目漱石の短編小説「文鳥」を少しずつ朗読するワークショップも行った。おそらく戯曲中の「小鳥」のイメージソースとなっている小説なので、共有しておきたかった。また、ベケットの戯曲「芝居」をリーディングした回もあった。これは3名の俳優が、地中に半分埋められた「壺」に入って台詞を喋るという不条理劇で、「籠の鳥」という今回の芝居のコンセプトと共通点があると思ったし、俳優の声の表現力を確認したかった。

実際に稽古場で身体を動かしたり話し合ったりしているうちにもっと良いプログラムを思いつくかもしれない。ぜひ試して、オリジナルな「小鳥女房」を作ってもらいたい。

❷ 場面毎の演出

●第1場

小鳥のさえずり声の後、スポットライトがつくと、直立したベッドに女1と男1が寝ている、という情景から芝居が始まる。俳優に、立った状態で寝返りをうつ演技をしてもらうのは難しかったが、うまくやれば本当に寝ているように見える。

男1の「なんなんだよ！」という最初の台詞以降は、ベッドの前に転がり出てきてもらい、舞台全体を明かりで照らした。そこからは、夫婦が部屋の中で日常生活を営んでいる動きをつけた。男1と女1の距離や、お互いにどの程度触れ合うかどうかで台詞の意味合いが変わってくる。

鳥のぬいぐるみは重要な小道具なので、扱いに注意してほしい。持ち方や置き場所で、ぬいぐるみの存在感が空間に占める割合を加減すると面白い。

●第2場

冒頭の、男1の着替えのシーンを省略せずに上演する場合、所作がスムーズになるようによく練習が必要だろう。理想的にはダンスのように見せたい。女2の台詞は長いのでよく練習すること。女2がベッドに入ってからは、明かりを暗くすると良いかもしれない。女2には「幼い子どもが布団の中でポソポソ喋っているような雰囲気で台詞を言ってほしい」と演出をつけた。2場最後の、女1と女2が二人でベッドに入るところは、様々に解釈して良いが、登場人物二人にほんの僅かでも共感が生じていてほしい。

●第3場

男1と女1の会話シーンは、少しリラックスした雰囲気があると良い。料理の音のSEが入ると生活感が出やすい。女2の「夜来香」の口パクは振付があると良いだろう。女1と女2の出会い系サイトに関する会話のところは、漫才の掛け合いのようなアップテンポのノリでパッパと進み、最後の電話のところで不意に深刻なトーンが持ち込まれて、隠されたストレスが露わになる、といった流れを作るとメリハリが出ると思う。

●第4場

男2の登場シーン。男2と女2には台詞が始まる前から、いちゃついているという芝居を作ってもらった。林修先生のギャグは私から俳優へ与えた過酷なミッションで、受けるかどうかは問題にせず、全身全霊で真似をしてほしいと演出した。明日にでも誰にもわからないネタになる恐れがあるので、そうしたら別のつまらないギャグに変えてほしい。

女1の日記を読む音声が流れるところ、初演では、男2が女1の頭の後ろを支えて椅子から立たせ、自分の意図する方向に導いていくという動きをつけた。その流れで「瀬死の白鳥」の曲が流れるところまで誘導していき、ラストは二人でシーツの後ろに立って足を上げたり下げたりしてもらった。直接的な表現を使わず、笑いにも転ばせず、官能的なシーンを作ることを目指した。

●第5場

女1と女2の会話の場面では鳥の羽ばたくような動きを加えてもらった。次の男2と女1の場面では台詞に合わせて日常的な所作をつけていった。男2が勝手に冷蔵庫を開けてコーラを飲み、さらにベッドからジャンプで飛び降りる、という動きが特に気に入っている。社会変革がどうこうと大層な台詞を喋っているのに、動作はいかにも少年っぽい、というギャップが奇妙で面白い。初演時に実際に17歳だった田中偉登さんの素直で素朴なキャラクターあってこそだと思う。

終盤近く、女2の持ってきたゴミのプレゼントを受け取った女1が「ありがとう、大切にするわ」と言うシーンだが、ただの皮肉ではなく感謝の気持ちを込めてほしい。

●第6場

5場から6場への転換で、段ボールの箱を舞台両端に積み上げたり、大量の古着を山にして置いたりして、部屋を散らかした。ゴミは多いほうが面白いが、よく工夫して扱いやすい形にまとめてなくてはならない。後半の男1と女2の会話だが、最終的には議論は決裂するものの、途中までは互いに相手の言葉を聞こうとする姿勢があるほうが良い。二役とも台詞の内容はメチャクチャだが、この場面には「意見の違う相手であっても立場を尊重して話し合う」という民主主義的なイメージを持ち込みたかった。

●第7場

最初の男1と女1の会話だが、初演では二人に「舞台上を歩いているうちにアクティングスペースがじょじょに狭まっていく」という制約を課して動いてもらった。男2登場からは、床のゴミや洋服のさばきが難しくなる。実際に稽古場に小道具を持ち込んで稽古しなくてはならない。ピストルを撃つ箇所では、音とともに壁に血痕あるいは弾痕がつくという映像を入れた。

女2が女1をベッドの陰に押し込むところは、あくまで優しく、まるで度量の大きな人物のように。見せ場である女1の「ハバネラ」のダンスだが、鳥に変身すると言っても、着ぐるみなどではなく身体の動きがよく見えるエレガントな衣装を使ったほうが良い。初演では男2と女2が左右から女1の衣装のガウンを掴んで引っ張ると、瑠璃色のドレス姿に変わる仕掛けを作った。

7場のラストでは、会場のユーロライブの上手に外へ通じるドアがあったため、そこを開けて女1に走り出てもらった。最後に劇場の外に飛び出るという演出は、登場人物が社会の枠組の外に飛び出たことの比喩で、いわゆるテント芝居など、日本のアンダーグラウンド演劇のお家芸だ。劇場が外に出られる作りになっていないと難しいが、似たような意味合いになる演出を考えてみてほしい。

●第8場

小鳥とＡＩ犬のペロくんのぬいぐるみは、なんと手芸が得意な主演の山田キヌヲさんのお手製で、二体同色のフェルトで作ってくれた。背中のジッパーを開けると羽根が出てきて空を飛べるようになる仕掛け。ＡＩ犬の台詞を喋っているときの女１には、ワークショップの「直角歩き」で舞台上を歩いてもらった。最後の女１が男１を立たせるところは、解釈によって様々なやり方があると思うが、ラストを「いかにも」なハッピーエンドにはしたくなかった。男１と女１は手を取り合って退場するが、それは二人だけの省エネな幸せを探しにいったのではなく、戦いに行ったと思いたかった。あの安全なマンションの部屋を一歩出ると世界はすでに破壊し尽くされた戦場で、勝ち目も修復の見込みもない。それでも二人は共闘しようとする。

初演のラストに流したマリアンヌ・フェイスフルの「ブロークン・イングリッシュ」という曲は、１９７０年代ごろにドイツで活動したテロリスト集団のメンバーであった女性、ウルリケ・マインホフのことを歌っていると聞いた。マインホフが警察に捕らえられたとき、「ロシア語でもなくドイツ語でもなく、ブロークン・イングリッシュで何かを言ったが、よくわからなかった」というニュースを耳にしたマリアンヌ・フェイスフルは、そのブロークン・イングリッシュ（片言のヘタな英語）という言葉に惹かれたらしく、「あなたは何のために戦ってるの？　ブロークン・イングリッシュで言って」と歌った。貴族階級出身の元アイドル歌手にも関わらず、ドラッグに溺れて人生のどん底を見たマリアンヌ・フェイスフルは、獄中で亡くなった女テロリストの心境を知りたかったのではないか。イギリス人とドイツ人の二人が言葉を交わすとしたら、たぶんブロークン・イングリッシュで話すだろうが、世界のあらゆる場所を植民地にしながら広まり、未だに勢力を強めているかつての帝国の言語は、テロリストにとっては使い物にならない、壊れた言葉でしかないだろう。「それでも何か言って」、無理だとわかっていても手を伸ばす。断たれたコミュニケーションがしわがれ声の歌になる。

本番を一通り終えて、カーテンコールで出てきたときの俳優の立ち姿に強さが漲っていてほしくて、背筋を伸ばせとか笑顔になるなとか散々演出したけれども、なかなか伝わらなかった。最後にはこの歌詞の私なりの解釈を説明してから、「普通に出てきてくださいい」と俳優に委ねて、けっきょくそれが一番良かった。

❸ スタッフワーク

●舞台美術

アメリカの美術家ジョゼフ・コーネルによる有名な「箱」のアート（口絵）をモチーフに舞台美術を作ってもらった。ベージュの壁紙を貼ったパネルを立て込み、中央に床に直立したベッドを据えた。キッチンや冷蔵庫、棚などは段ボールで作った。また、木製の椅子2脚とデスク（ノートパソコンを置ける棚付き）を作り、要所要所で移動させた。

またパネル中央に時計を設置して、観客に場面ごとの時刻の経過を指し示した。じつは舞台転換中に役者に針を動かしてもらっていたので、彼らに手品師並みの処理能力が必要になるという過酷な演出だったのだが、戯曲の世界観は膨らんだと思う。

ティーカップやキッチン用品、クッキーなどは本物を持ち込んで使用したが、当然小道具が多いとさばきが大変になるので、各々の事情に合わせると良いだろう。

●音響

舞台転換に意外と時間がかかったので、結果的にすべての幕間に音楽を流した。本文中に実際に使用した音楽を記載しているが、必ずしもこの通りでなくて良い。各々の好みで良いのだが、選曲には何らかの必然性があったほうが良い。

３場と４場の間で使った、モーツァルトの「ピアノ・ソナタ ハ長調（K.５４５）」は、「舞台美術」の項目で言及したジョゼフ・コーネルが生前に好んだ曲らしい。ピアノがモチーフの作品で、ネジを巻くとこの曲が流れてくる「箱のアート」があるそうだ。

５場と６場の間の、ハイドンの「天地創造」は長いオラトリオだが、歌詞に「神は５日目に鳥を作った」と出てくる箇所を探して使った。この曲をかけながら役者が舞台に服やゴミを撒き散らしているシルエットを観客に見せ、後半の芝居へ繋げた。

●衣装

前半にはそれほど変わった衣装はない。最も凝るべきは、７場最後の女１のダンスシーンの衣装だろうか。ブルーグリーンの生地に羽根やラインストーンを縫い込んだドレスを衣装家に作ってもらった。

第７場の女１には赤いシャネル風スーツ、男２には女装に近いノースリーブのトップスとワイドパンツを着用してもらった。男２の格好は、ファスビンダーの「第三世代」

という映画に登場するテロリストの出で立ちを真似した。「第三世代」は、銀行強盗や誘拐といった反社会行為を行う若者集団が、じつは資本家と結びついていて、その利益誘導のためにテロを行っていたという内容の映画で、巨大企業のグローバリゼーション華々しい21世紀に見ても、なお新鮮な傑作だ。若者たちはお祭り気分で派手に装って凶行に及ぶ。ファスビンダーほどラディカルには描けないが、種明かしをすればこの映画に魅了されたのをきっかけに「小鳥女房」を書いた。

何にせよ、演劇の衣装は俳優に似合っていることと、普段着の設定であっても、なんらか舞台映えするアイテムであることが大切だ。舞台美術の色味と合わせて吟味してほしい。

●映像

初演のユーロライブは元映画館で、映像がよく映える場所だったので、作中の何箇所かでスタッフに作ってもらったアニメーションを背景のパネルに映写した。

本音を言えば自分は、演劇の基本は俳優の身体を通して表現することであり、主役は必ず人間の身体なんだと思っている。だが、映像は訴求力が強いので、観客の目がついそちらに集中してしまいがちだ。それゆえ、劇中で映像を流す場面では、なるべく俳優に動いてもらい、俳優の身体の上を色のついた光が流れていく様を見せるようなつもりで演出した。そんなこんなで、映像はあったほうが見栄えするのは間違いないが、もし用意するのが難しければ、流さなくても構わない。

●照明

先述の通り、ユーロライブは映画館で劇場設備が少なく、映像との絡みもあったので、照明のプランニングは大変だったと思う。そんな中、気鋭のスタッフが工夫して繊細で美しい明かりを作ってくれた。ずっとマンションの部屋で展開する芝居だが、たとえば窓から入ってくる光の表現などで、時間の経過を示すことができるだろう。また、照明家や舞台監督を泣かせたのは8場の最後の犬が飛ぶシーン。小屋入りまで、本当に犬が飛ぶかはわからない状態だったが、舞台監督が本番直前に上手の壁に鉄のバーを見つけて、そこから舞台中央の天井にワイヤーを渡して紐を引っ張ると犬が飛ぶ、という仕掛けを作ってくれた。

短い準備期間で隅々まで気を配って、毎度なんとか幕を開けさせてくれるスタッフの方々には頭が上がらない。よく「映画は監督のもの、舞台は俳優のもの」なんて定型の文句を聞くが、たとえば本番直前なのに仕込みが終わっていないとか予想外のトラブルがあった、なんて時、ベテランのスタッフほど追い詰められた状況に反比例して、どんどん顔が生き生きしていく。それを見ていると、俳優より演出家よりさらに上の「神」のような目線で最も本番を楽しんでるのは、実はこの人たちではないんかな、と畏怖とともに考えたりするのだった。

SWANNY上演記録

◉第1回公演
「わたしのエプロン」
２０１１年10月14日(金)～16日(日)
全5ステージ
会場　SARAVAH東京

作・演出　千木良悠子
出演　たにぐちいくこ、千木良悠子、寺田未来、中尾ちひろ、ますだいっこう、安元遊香(Saliva)

音楽・ピアノ演奏　石橋英子
振付　寺田未来
美術プラン　渡邊聖子
衣装　ｒｅ・ｉ(GRENADINE)
舞台監督　宮田公一
照明　小寺俊弘
チラシ写真　渡邊聖子
チラシデザイン　小田島等
チラシモデル　中尾ちひろ

劇団を立ち上げたのが30歳を過ぎてから、というのはやっぱり「遅い」のだろうか。ふらふらしていた20代、小説執筆と舞台出演とを平行して続けていたので、人からよく「戯曲を書いて演出をすればいいのに」と言われた。２０１１年の春、東日本大震災をきっかけに、「何が起こるかわからないし、やれることはやっておかないといけないな」と重い腰をあげた。役者の知り合いは多かったので、出演俳優の候補はすぐに思い浮かんだ。劇団を始めることにしたと言うと皆喜んでくれた。

初めて本格的に書いた台本の筋は、次のようなものだった。「自分が何者か忘れかけている老人6名が、区民センターの集会室のような、河のほとりのような、奇妙な場所で出逢う。会話をしているうちに、彼らは自分達がかつて舞台俳優だったことに気づき、じゃあ全員で芝居を作ってみよう、と稽古を始める。じょじょに彼らは人生の記憶を取り戻し、忘れてしまう前にその生の全瞬間を、上演時間数百年の長い演劇にしようと決める。全てが演じ終えられ、衣装のエプロンを旗のように振る別れのダンスが行われると、彼らは空中に消えていく」。

ライブハウスである「SARAVAH東京」を幻想的な舞台空間にせねばならず、チラシ写真を撮影してくれた渡邊聖子さんと相談の末、知人の家を何軒も回って数十枚もの鏡を借り、会場に設えた。寺田未来さんの振付、ｒｅｉさんの衣装、石橋英子さんの作曲とピアノ演奏、もちろん俳優の演技。私が頭の中で想像して台本に書いたことが、みるみる姿形を伴って目の前に現れる。一人ではなく、大勢でものを創る時に生じるドミノ倒しのようなエネルギーの連鎖に驚いた。関わってくれた人たちのバックグラウンドが非常にバラエティに富んでいることを考えると、いろんな場所に顔を出して遊んでいた20代も案外無駄ではなかったのかもしれない……と自分的には思いたい。

◉第2回公演
「アイドルになりたい」
２０１２年2月17日(金)

全1ステージ
会場　東中野ポレポレ坐
作・演出　千木良悠子
出演　北村早樹子、千木良悠子、寺田未来
振付　寺田未来
衣装　るみたん

「わたしのエプロン」を観た歌手の北村早樹子さんが、「自分のライブイベントで何か一緒にやりませんか」と声をかけてくれたので、「じゃあコントをやろう」と提案。

台本の筋は以下の通り。「売れない歌手の女の子が、怪しいプロデューサー二人組に魔法をかけられ、スナックのホステスや関西芸人、セレブなマダムなどに転生。様々な女の人生を経験した末に、最後は日本一のアイドルとして武道館でコンサートをする」。うさぎとパンダのお面をかぶって漫才をしたり、北村さんの曲に合わせて踊ったりと、説明するのもバカバカしいコント芝居だが、けっこう受けた。

北村さんは演劇経験が皆無だったのに、大量の台詞やダンスを、演劇経験が無駄に豊富な私よりもずっと完璧に覚え、堂々たる女優っぷりを披露。後に映画や舞台、テレビまでも活躍の場を広げる才能は、このおマヌケコントで、すでにいかんなく発揮されていた。本番前日の寒い夜、北村さんのアパートで灯油ストーブに当たりながら一緒に台詞を覚えた(彼女は頑張りすぎて声が出なくなってしまうまで稽古した!)。終電前に部屋を出たら、牡丹雪が舞っていたのが懐かしい思い出。

◉第3回公演
「饗宴」
2013年1月26日(土)、27日(日)
全3ステージ
会場　北沢タウンホール
作・演出　千木良悠子
出演　阿部翔平、河井克夫、川瀬陽太、小林麻子、坂田有妃子、志甫真弓子、たにぐちいくこ、千木良悠子、寺田未来、安元遊香(Saliva)
音楽・ライブ演奏　石橋英子 with もう死んだ人たち(ジム・オルーク、須藤俊明、波多野敦子、山本達久)
美術　加藤ちか
衣装　rei(GRENADINE)
照明　阿部康子
舞台監督　井村昂
制作協力　スギヤマヨウ(制作集団QuarterNote)
チラシ写真　杉田協士
チラシデザイン　木村豊(Central67)
チラシフルーツ盛り　岡崎イクコ
チラシモデル　志甫真弓子

エリック・サティの「家具の音楽」という曲を聴いた時に着想を得た。音楽に合わ

せて派手な格好をしたヨーロッパの貴族たちが花道を練り歩くというイメージが浮かんだのだ。タイトルは「饗宴」という響きが良いと思い、それから下北沢のファミレスに通って、1年ぐらいかけてメモを取りながらプラトンの「饗宴」を読んだ。内容が頭に入ったところで、『饗宴』に登場するギリシャの哲学者たちが、芝居の前半ではスペインの貴族、後半では現代の東京のチェーン系居酒屋の客に生まれ変わり、めちゃくちゃに酔っ払う」という戯曲を一気に書いた。

期せずして、初めてのホール公演となった。北沢タウンホールの貸出権利を争う抽選会で、気合いを入れてくじを引いたら一番だったのだ。力が入りすぎて、衣装も美術も公演3回目の劇団にしてはやたらと大掛かりで、スタッフの苦労はいかほどだったかと想像する。ラファエロの「アテネの学堂」の絵を大きく引き延ばして舞台の背景に設置し、横長のテーブルに真贋取り混ぜた晩餐会の食事を並べた。

石橋英子さんのバンドに全曲制作とライブ演奏をしてもらったのも贅沢だった。私がクライマックスで、サティの難解な歌曲「ソクラテス」をライブ演奏してほしいとオーダーしたら、ミュージシャンたちは呆れて「この曲難しすぎる！」と抗議しつつも、圧倒的な技術でプログレ・アレンジのサティを見事に弾きこなしてしまった。ビデオは手もとに残っているけど、もう二度と実現しない貴重な2日間だろう。

忘れられないのは、まだ台本が未完成だったある日の稽古。無茶ぶりと知りながらも俳優たちに「貴族の晩餐の設定で、エチュード(即興芝居)をしてもらえませんか？」と恐る恐るオーダーしてみたら、皆さん、全力で本気の貴族エチュードをやってくれた。「最近、アントニオ様は鹿狩りに夢中ですってね」「そう言うマリア様はお歌を習っておられるとか。ご披露ください！」「良くってよ。あ〜ああ〜♪」。椅子から転げ落ち、涙を流して笑った。たぶん人生で一番笑った。悪い笑いだった。演出家というのは一歩間違えれば絶大な権力を持ち得る、危険な職業だ。以来、俳優で遊んではいけないと肝に銘じている。

◉第4回公演

「パーフェクト奥様」
2013年9月5日(木)〜8日(日)
全6ステージ
会場　下北沢レンタルスペース　スターダスト
作・演出　千木良悠子

出演　松本美香、川瀬陽太、小林麻子、たにぐちいくこ、中尾ちひろ
声の出演　長谷川健一
音楽　石橋英子
アニメーション　河井克夫、亀島耕
美術　加藤ちか
衣装　rei(GRENADINE)
照明　大野道乃
振付　たにぐちいくこ
振付協力　寺田未来
演出助手　金珠代　小松明人
制作協力　スギヤマヨウ(制作集団QuarterNote)
チラシ写真　山田薫
チラシデザイン　木村豊(Central67)
チラシ宣伝イラスト　河井克夫
チラシヘアメイク　長倉明日香

チラシモデル　松本美香

主婦を主人公としたミュージカルで、「シンデレラ」や「白雪姫」など、物語の中のプリンセスたちのその後を描こうと試みた。「『王子様と結婚して、めでたしめでたし』は良いけど、それでお姫様は本当に幸せになれたの？」と、主演の松本美香さんが、歌で観客に問いかける。

音楽は、これまた贅沢にも石橋英子さんの全曲書き下ろし。下北沢駅前の小さなレンタルスペースで、こじんまりと密かに上演する目論みだったが、稽古が始まってみれば、ミュージカルというのは一筋縄で行くものではなかった。一朝一夕の稽古では到底間に合わない。唯一の舞台装置だった立方体の箱を一個は自転車の籠に入れ、肩にもう一個背負って、区民会館を何軒も彷徨いながら歌や踊りを練習した暑い夏のことが思い出される。

石橋さんの書いた緻密で美しいハーモニー、ｒｅｉさんの素晴らしい衣装や、たにぐちいくこさんの愛らしい振付、すべてが出揃ってくると、当初想定していた以上にちゃんとしたミュージカルとして完成しつつあり、なのにスタッフも設備も全然間に合っていなかった。慌てて、女優陣がプロの音響に連絡を取ってくれて、性能の良いスピーカーをお借りしたが、本番付きのスタッフの手が足りず、ビデオが止まるトラブルがあったりして、相当焦った。

劇中で流れる可愛らしいアニメーション映像を制作してくれた河井克夫さんと亀島耕さんには頭が上がらない。また近年映画やドラマで八面六臂の活躍中の川瀬陽太さんが、唯一の男性キャストとして出演。「オオカミさん」役の扮装で、びっくりするほど伸びやかな美声を披露してくれたが、隠したい過去になっていないか不安だ。

時々「パーフェクト奥様」の楽曲のメロディを口ずさんでは、なんともいえない、甘酸っぱい気持ちになる。いつかちゃんとした形で再演すべき日が来るのかもしれない。今度は赤坂ＡＣＴシアターで！

◉第５回公演

ファスビンダーの「ゴミ、都市そして死 Der Müll, die Stadt und der Tod」
２０１３年10月25日(金)～27日(日)
全４ステージ
会場　新宿　紀伊國屋ホール
作：ライナー・ヴェルナー・ファスビンダー
翻訳　渋谷哲也

演出　千木良悠子
出演　緒川たまき、横町慶子、羽鳥名美子(毛皮族)、小林麻子、安元遊香(Saliva)、たにぐちいくこ、猫田直、仁科貴、金子清文、宮崎吐夢、川瀬陽太、石川ゆうや、富川一人(はえぎわ)、中村祐太郎、高松呼志響、濱田真和、竹林林重郎(劇団竹)、河井克夫、伊藤ヨタロウ
音楽・ライブ演奏　石橋英子 with ぎりぎり達 featuring 長左棒茄子(ジム・オルーク、山本達久、坂口光央、須藤俊明)
美術　加藤ちか
衣装　ｒｅｉ (GRENADINE)
振付　スズキ拓朗
所作指導　寺田未来
照明　大野道乃
音響　半田充(MMS)

舞台監督　金安淩平
演出助手　金珠代、内田佳那
制作　浜田和枝、スギヤマヨウ(制作集団QuarterNote)、田崎那奈
チラシ写真　山田薫
チラシデザイン　木村豊(Central67)
チラシ衣装　rei(GRENADINE)

37歳で早逝したドイツの映画監督、ファスビンダーの世界にハマりつつあった2013年5月31日。もし彼が生きていたら68歳の誕生日のことだった。ドイツ文学者の渋谷哲也先生が、「ファスビンダーは映画を撮り始める前、劇団を率いて芝居の演出をしていた。演劇のために書かれた戯曲も何本かある」と教えてくださったので、「いつかSWANNYでも上演してみたいです」と能天気な返事をした。そうしたら、翌日なんと「急に紀伊國屋ホールが空いたから何かやらないか」という話が飛び込んできた。

第5回公演でいきなり紀伊國屋ホールは無謀かな、と初めは断るつもりだったけれども、劇場見学に行って、紀伊國屋ホールの年季の入った、趣たっぷりの舞台や客席を眺めていたら、なんだか戯曲「ゴミ、都市そして死」に非常に合っている気がして、やってもいいんじゃないかと思えてきた。

主演の女優のキャスティングに悩んでいた時期、誰かから緒川たまきさんの名前が出た瞬間になぜだかピンと来て、全く面識も無いのに連絡を取ってみたら、ファスビンダー映画をこよなく愛していらっしゃることが判明。それから石が坂道を転がるようにハイペースに事が進み、10月にはもう「ゴミ、都市そして死」の舞台が幕を開けていたから驚きだ。いつか緒川さんが「舞台は魔物ですよ」と仰ったことがあったがその通りなのだろう。

東京都心の雑居ビルの一室に毎日通って稽古をした。ファスビンダーの世界にどこまで近づけたかはわからない。ただ、緒川さんはじめ、ヒモの恋人役の仁科貴さん、ボンテージの衣装に身を包んだ男優や娼婦役の女優たち、そして青いドレスを纏った横町慶子さん。闇に紛れたそれぞれの身体がじんわりと発光しているような、不思議な熱のある公演だった。シンセサイザーを駆使してバンド演奏されたワーグナーの「トリスタンとイゾルデ」の美しかったこと。千秋楽の後、紀伊國屋ホールの担当者の方と話したら、「紀伊國屋ホールは、今ではコンサバティブなイメージがあるでしょうが、かつては土方巽などの前衛的な舞台芸術をメインにかけていた劇場。ファスビンダーはぴったりでしたね」と言ってくださったのが痺れるように嬉しかった。

◉第6回公演

「Nightingales」
2015年2月12日(木)〜15日(日)
各回限定22席　全4ステージ
会場　下北沢MORE
演出　千木良悠子
出演　金子清文、小林麻子、古澤健、千木良悠子、北村早樹子、木村健三
衣装　rei(GRENADINE)
チラシデザイン　河井克夫

木村健三さんが主宰する劇団「マシュマロウェーブ」が、下北沢の小さなクラブ

MOREで定期的に公演をしているのを見て羨ましくなり、似たような形態でやらせてもらった。大きな公演を経て仕切り直しをする意味でも、自ら中心キャストの一人として久しぶりに出演したのだが、台詞が多くて大変だった！

　イヨネスコの「禿げの女歌手」をベースにした舞台で、後半、出演者同士が互いにキスをしまくるシーンがあるのだが、私の夫役を演じた古澤健さん（本業は映画監督）に、本番はちゃんと唇にキスしていいものなのか、と問われた。「もちろん。本気でやろう！」と景気よくOKしたにも関わらず、実際に本番でキスされたら、次の台詞が頭から吹っ飛んだ。横にいた金子清文さんが、私の頭をパーンとはたいて、空いてしまった間を埋めてくれた。

　たまに俳優をやると演じる側の苦労がよくわかり、良い刺激になる。演出家が芝居に出ていると、俳優たちも「こいつも同じ穴のムジナ……」と思って多少優しく接してくれるような気がする。

◉第7回公演
ファスビンダー二本立て公演
「ゴミ、都市そして死
Der Müll, die Stadt und der Tod」

2015年6月25日(木)～27日(土)
全3ステージ
会場　世田谷パブリックシアター
作　ライナー・ヴェルナー・ファスビンダー
翻訳　渋谷哲也
演出　千木良悠子
振付　スズキ拓朗
出演　緒川たまき、若松武史、仁科貴、渚ようこ、伊藤ヨタロウ、猫田直、仲坪由紀子、石橋穂乃香、小林麻子、安元遊香、顔田顔彦、金子清文、鈴木将一朗、石川ゆうや、ナカムラユーキ、高松良成、中村祐太郎、新井和之、河井克夫、木村健三
音楽・ライブ演奏　石橋英子 with ぎりぎり達（ジム・オルーク、須藤俊明、山本達久、坂口光央）

「猫の首に血　Blut am Hals der Katze」
2015年6月27日(土)、28日(日)
全3ステージ
作　ライナー・ヴェルナー・ファスビンダー
翻訳　渋谷哲也、柳下毅一郎、千木良悠子
演出　千木良悠子
振付　辻田暁
出演　朝比奈かず、辻田暁、山田キヌヲ、鬼頭典子、小林麻子、宮崎吐夢、金子清文、若松力、今奈良孝行、鈴木将一朗
音楽・ライブ演奏　石橋英子
美術　加藤ちか
衣裳　ｒｅｉ(GRENADINE)
ヘアメイク　るう(ROCCA WORKS)
照明　齋藤茂男

音響　青木タクヘイ
舞台監督　玉城忠幸
演出助手　前田麻登、新井和之
票券　(有)ぷれいす
制作助手　ＫＩＲＩＫＡ、スギヤマヨウ
(制作集団Quarter Note)
チラシ写真　山田薫
チラシデザイン　木村豊(Central67)
チラシ衣装　ｒｅｉ(GRENADINE)
チラシヘアメイク　るう(ROCCA WORKS)

今度は「世田谷パブリックシアターが6月に空いたからファスビンダーをやりませんか」という話が舞い込んできた。さすがに無謀だろうと二の足を踏んだが、「日本では未訳の『猫の首に血』という宇宙人の女の子の戯曲が、千木良の世界観に合いそうだから訳して上演したら？」と翻訳家／映画評論家の柳下毅一郎さんに以前アドバイスいただいたのを思い出し、途端に「二本立て」というコンセプトが頭から離れなくなった。柳下さんと渋谷先生のお力を全面にお借りして、戯曲「猫の首に血」の翻訳を始めた。

キャパシティを遥かに超える量の制作的・演出的仕事が一気に降りかかってきた。明けない夜はないと思いながら、演出助手の前田麻登さんとともに、30人以上のキャストと取っ組み合って、2つの現場を回した2015年の5月6月は自分の限界に挑戦した日々だった。大勢の人に囲まれていたのに、一人で考える時間がほしくて、10分休憩をもらうとよく稽古場の近くの路地をうろついた。逃げ場がほしかったけれど、「着実に進歩している」という感覚をつねに持てるのが幸せで、アンビバレンツな気分に苛まれた。

「ゴミ、都市そして死」は、場面毎にバンドのライブ演奏とそれに合わせたダンスが入るオペラ風音楽劇。「猫の首に血」は、振付の辻田暁さんを中心に、実力派俳優陣が極限まで身体を行使してパフォーマンスする不条理劇。結果的に二作は好対照を成していたと思う。

二本立ては劇場入りしてからも大変で、舞台装置が横長の「ゴミ、都市」と世田パブの舞台の奥行きを生かした「猫の首に血」の飾り替えを、舞台監督と演出助手のほぼ二人だけで何度も行った。国内最高峰と言われる照明家・齋藤茂男さんのチームが、駆け出しの私の要望を余すところなくヒアリングしてくれて、仕込み時間も機材も少ない中、素晴らしい明かりを作ってくれた。やがて七色の電球が舞台を彩って輝き出すと、この暴挙をけしかけた一人でもある、美術家の加藤ちかさんが「ダイヤモンド買うよりずーっと贅沢でしょ。やって良かったね」と笑って言った。ええ、演劇はやっちまったら残らないから、そのへんのダイヤなんか比べ物にならないほど贅沢ですよ！

井上則人デザイン事務所とエランド・プレスさんにお願いして、カラー印刷の立派な公演プログラムも作った。怒濤の数ヶ月だった。このファスビンダーの舞台をきっかけにドイツとご縁ができて、翌年ベルリンに行くことにもなった。

◉第8回公演
「花はどこへ行ったの？」
2016年3月24日(木)〜27日(日)
全5ステージ

会場　ユーロライブ
作・演出　千木良悠子
出演　片岡礼子、山田キヌヲ、笠島智、清水優、古関昇悟、たにぐちいくこ
桜咲希なみ、坂田有妃子、石川ゆうや、高松良成、古澤健
振付　佐々木絢子
演出助手　桧山征翔
美術　加藤ちか
衣装　ｒｅｉ(GRENADINE)
照明　磯野眞也
音響　西川裕一
舞台監督　森下紀彦
制作　ユーロライブ／小西朝子
チラシ写真　山田薫
チラシデザイン　木村豊(Central67)
チラシ衣装　ｒｅｉ(GRENADINE)
チラシモデル　笠島智

ユーロスペースは、ファスビンダーの映画を日本に初めて紹介した会社だ。世田パブ公演を観てくれた方の紹介で、円山町にあるユーロスペースのビル2階の「ユーロライブ」で、オリジナル脚本を上演することになった。

円山町は昔、芸者の歩く「花街」だったと聞いて、円山芸者たちがドビュッシーの「牧神の午後への前奏曲」に合わせて、日舞を踊っているイメージが頭に浮かんだので、それを芝居の冒頭に持ってきた。

「地方から渋谷に引っ越してきた女の子が、円山町のラブホテルとスナックでアルバイトを始める。そのうちに戦前にタイムスリップして、過去から近未来に至るまでの渋谷の歴史を辿る」という内容の台本を書き、そこにボッティチェリの絵画「春(プリマヴェーラ)」の要素も加えた。

重く苦しいファスビンダーの世界にずっと携わってきた反動か、春めいたおめでたい台本を書きたくて、主人公は「街」にしよう、「花」をテーマにしようと決めていた。最初に決まったメインキャスト5人に加え、古澤監督や石川さん、たにぐちさんら、旧知の仲でもある6人の俳優の存在が作品の重要な柱となったと思う。渋谷をあまり好きではなかったのに、戯曲を書くために歩き回り、稽古をして想像を膨らませたことで、ずいぶん近しく感じられるようになった。地下に今も暗渠が流れる「谷川」の街・渋谷は、昭和、平成、そして次の年号――と激しく移り変わる時代の圧力に、不可逆的に変貌を遂げさせられながらも、じっと私たちを見守ってきたのではないか。稽古最終日の帰路、やっと来た春の暖かさを感じながら、道路のマンホールの下に流れる水音を耳にした時、そんなことを考えたりした。

◉第9回公演
「女中たち　Les Bonnes」
2016年7月21日(木)〜23日(土)
全6ステージ
会場　ルーサイトギャラリー
作　ジャン・ジュネ
翻訳　渡邊守章
演出　千木良悠子

出演　北村早樹子、千木良悠子、金子清文
美術　加藤ちか
衣装　rei(GRENADINE)
照明　大野道乃
チラシイラスト　篠崎真紀
チラシデザイン　井上則人デザイン事務所

退屈な時、部屋でジュネの「女中たち」の文庫本を開いて朗読すると、否応なしに気持ちが昂ってくることに気づいたが、いくら読んでも半分も内容を理解できなかった。でも、実際に身体を使って演じてみれば掴める、となぜか確信していた。ファスビンダーも遺作として「ケレル」を撮っていることだし、ジュネの視点に少しでも近づきたかった。

演技に自信は全くなかったが、小さな規模であれば、自分で主演しても共演者や観客にそれほど大きな迷惑はかけないだろうと踏んで、収容人数30名ほどの隅田川沿いのギャラリーを借りた。昔、有名芸者が住んでいた和邸宅で、衣装のreiさんにまた無理を言って、和装でジュネをやることにした。

台詞量がものすごく、暗記を危ぶまれるほどだったけれど、妹役の北村早樹子さんが私の家に通い詰めてくれて、連日何時間も稽古をした。やっと台詞が入っていくらか自由に動けるようになると急に、言葉の意味するところや役柄の心の動きがスルスル飲み込めてきて、戯曲の力の物凄さに圧倒された。

戯曲に登場する「菩提樹花のお茶」を観客にも飲んでもらいたくて、会場の一階にカフェスペースを作ってカフェガールたちとサーブしたのだが、稽古と平行してその準備をするのにも苦労した。本番で、この雑事をこなしながらあの大量の台詞が言えるのだろうかと不安になる私を、北村さんと女装の奥様役の金子清文さんが頼もしく受け止めてくれた。他人を信じて身を任せながら演じる感覚を、久しぶりに呼び戻す事ができた。

昼公演では、お祭りのお囃子が聞こえた。夜公演では窓に垂らした薔薇柄のカーテンを透かして、明かりを灯した船が隅田川を行くのが見えた。千秋楽の後はベランダを開放して、夏の風に吹かれながら観客とビールを飲んだ。ジュネの趣味を汲もうとしたのか、柄に似合わず風流な公演をやってしまった。

◉第10回公演
「小鳥女房」
2017年11月23日(木・祝)〜26日(日)
全5ステージ
会場　ユーロライブ
作・演出　千木良悠子
出演　山田キヌヲ、岡部尚、小林麻子、田中偉登
振付　佐々木絢子
演出助手　猪俣健
美術　加藤ちか
衣装　るう(ROCCA WORKS)
照明　榊美香(有限会社アイズ)
音響　西川裕一
舞台監督　笹浦暢大(うなぎ計画)
制作　ユーロライブ／小西朝子
チラシ写真　山田薫
チラシデザイン　木村豊(Central67)
チラシモデル　山田キヌヲ

「猫の首に血」と「花はどこへ行ったの?」でご一緒した、女優の山田キヌヲさんの演劇への情熱に感銘を受けて、彼女中心に舞台を作りたくなった。とりあえず家に押し掛けて、ワインをご馳走になりながらライフストーリーを語ってもらった。それをテープ起こしして、参考にしながら「役者は4人」「舞台転換なし」と設定を決め、残り3人のキャスティングをする前に台本を書いた。今までよりも自分の色が濃く出た作品になったと思う。

キヌヲさんのお話を参考にした割には、主人公の「女1＝みちよ」の性格はご本人にあまり似ていない。キヌヲさんが、主体的に人生の舵を取ることで、困難を一つ一つ乗り越えてきた強い女性であるのに対して、「みちよ」は基本的に受け身で、周囲に流されっ放しのまま鳥になってしまう。おそらく「みちよ」は、優柔不断かつ人生の諸問題を曖昧にしか解決してこなかった私自身の似姿であり、昭和の専業主婦であった私の母親(名前はみちえというのだった)のイメージの投影なのだろう。

キヌヲさんは戯曲を隅々まで読み込んで、役についての自分なりの考えを持っていたが、最終的には「千木良さんのやりたいことを実現したい」とよく言っていた。私の指示を書き込んだ台本のコピーをノートに貼ったものを何冊も作っているようで、演出が変わるたびに職人技、神業とも言える完璧さで対応してくれた。岡部さん、小林さん、弱冠17歳だった田中くんも、みんな黙々と台詞を覚えて体に入れながら、演出家が何をやりたいのかを、稽古場の水天宮ピットに毎日通い詰めて探ってくれた。

幕が開いて本番が始まっても、私は作品に納得できない点を発見して悩んだ。「こんなに役者に頑張ってもらったのに今まで何やって来たんだろう、ここで演出変えて本当にうまく行くかわからないし」、楽屋の裏の外階段でうだうだ考えた。最終的に「誰になんと言われようと私は私のやりたいことをやるのだ」と腹を括ったとき、まるで孤独な独裁者になっちまったような変な気分だったけど、役者は平気で受け止めてくれて、キヌヲさんには「千木良さんのことまだわかってなくってごめんね」と逆に謝られてしまう始末。独裁者になりたくないなどと言って、私は単に自信がなかったのだ。

今まで私は演劇を「集まったメンバー全員でパワーを出し合って開催するお祭り」と捉えたがっていた。最近の現代演劇は演出家の「作家性」で判断される傾向が特に強いけれど、実際に観客が相対するのは舞台上の俳優なんだから、彼らが艶っぽく、生き生きと輝いていることが最も重要だと考え、よく周囲にも主張していた。だが「小鳥女房」に関しては、台本が先だったのもあり、俳優やスタッフが献身的に戯曲に身を委ねて、こちらの自己表現を促してくれた作品のように思う。

「お祭り」か「自己表現」かの問題に関して言えば、演劇は個人という概念が生まれるずっと以前、紀元前からの長大な歴史を持つ、混沌とした芸術ジャンルなわけで、だから、そういった二つの違う見方が生じてくるのだと思うが、私などに即時に答えが出せるスケールの問いではなさそうだ。とにかく、10本も芝居を作ってやっと「自己表現」のスタート位置についただなんて、のんびり亀さんテンポすぎて自分でも呆れてしまうが、まあ30歳を超えて旗揚げした一人劇団だし、マイペースでやって行こうと思っている。

あとがき

　この本を作っている途中、中学と高校時代の演劇部のことを思い出していた。私は中高一貫の女子校に通っていて、女子しかいない演劇部に6年間所属していた。毎年春と秋に定期公演を行うのだが、台本選びが悩みの種で、女だけで上演して全員が楽しめる戯曲を探すのが難しくて、よく図書館や本屋を何軒も回った。

　既成の戯曲には、そもそも女性の登場人物があまり出てこない。男に寄り添う刺身のツマ的な存在だったり、絶世の美女が一人出てくれば周りを取り囲む10人の男役が必要だったりする。13歳から18歳の少女たちで、一人のマクベス夫人と3人の魔女以外、髭をつけてスコットランド国王とその臣下たちをやるとか、全員背広を着て法廷劇をやるとかいう事態は避けたかったけれど、結果的に毎年半分以上の部員が男の格好で、博士や王子や判事を演じていた。女役は争奪戦だった。

　うちの学年の演劇部員たちが、唯一口を揃えて「あの本は良かった」と言うのは、入部したての中1の春公演で上演した如月小春さんの「Ｍｏｏｎ」という戯曲だ。登場人物は男女半々ぐらいだったけど、男役を演じる先輩がとても自然で魅力的に見えて、「また『Ｍｏｏｎ』みたいな劇やりたいね」というのがうちの学年の口癖だった。シェイクスピアやチェーホフよりも如月小春をやりたかったというのが面白い。

　マクベス夫人が、なぜああも恐るべき野心家として登場するかは、いったん男の気持ちになってみないとわからない。どうも世の男というのは奥さんが怖いらしい。いちばん近くにいる他人だからか。男は魔女も怖いようだ。演劇やりたいだけなのに、まず妻帯者のおじさんの目線に寄り添って女を恐れてみるなんて回りくどい。今は私だってシェイクスピアは素晴らしいと思うが、まだ世界は自分中心に回っていると信じてる10代の少女にとって、マクベス夫人はただの頑張り屋のおばちゃんで、魔女なんて興味津々の対象でしかなく、勝手に怖がるのも神聖視するのも違うと思った。一方の「Ｍｏｏｎ」は、男も女も10代の女子の目線そのままで演じて良い、と脚本から言われているような気がした。フェミニズムも「ポリコレ」も知らなかったが、ちゃんと納得して役の台詞を言いたかった私たちにとって、そのへんは切実な問題だった。

　元気で生意気だった当時の演劇部員たちを思い出して、戯曲「小鳥女房」は、彼女らのような小さな演劇人が「これ読み合わせしよう」と仲間のところに持って行きたくなる本にしたいと考えた。高校や大学や社会人の演劇サークルが、出来心で上演してくれたら最高だ。４人しか出てこないからメンバーの少ない団体でも稽古できる。４つの役を女性のみ、あるいは男性のみが演じても、男女の役をトレードしても面白いだろう。別に男と女に、どっちかが刺身でどっちかがツマ（しかし変な日本語だ）の役割を負わせてもいないし、どの役も見せ場があって楽しめるんじゃないでしょうか？

私は6年通った、自由と自立をモットーとするその女子校が大好きだった。だが、なぜ世の中には共学だけじゃなく女子校や男子校があるんだろう、とよく疑問に思った。多感なお年頃の男女を一緒にするとお勉強に身が入らなくなるから？　でも恋はどんどんすべきだって勧める大人もいるのに、それ分けるほどの理由？　ついこの間、ヴァージニア・ウルフの「3ギニー」（1938年）というエッセイを読んでいたら、やっと謎が解けた。

ウルフが生きた時代のイギリスにはまだ「女子に教育なんか与えても仕方ない、女は結婚だけすればいい」という意見の人が多かったのだ。だが、女子教育の必要を訴える人々が各方面から金銭をかき集め、無報酬で教師をやる人を募ったりして、男子の学校に比べて質素な設備ではあるが、少しずつ女子の学校が建設されていった。最初から女子校と男子校と共学の3種類があったわけじゃなくて、昔の人は男子にしか教育費を出さず、世の中には男子校しか存在しなかった。つまり学校に行きたくても行けなかった女子は相当数いたわけだ。（私の母校は、明治時代にアメリカ人宣教師が日本の女子のために建てた学校が前身で、その形態を引き継いで今も女子校であるようだ。）

こんなこと常識なんだろうが、私は子どもの頃になんで3種類の学校があるんだろ、変なの、と思ったまま、疑問を抱いたことすら忘れていた。ヒントを与えてくれたのは親でも教師でもなく、百年近く前のイギリスの作家だった。別にここで殊更に「女性は虐げられていた」と言い立てたいわけでもなく、物事には経緯があるという話だ。現在を理解したかったら、過去の経緯を順繰りに追えばいい。ウルフは遥か未来の極東に住むボンヤリした女に、時空を超えて、開け忘れていた扉の鍵を手渡してくれた。

まだ小学校にあがる前、子ども向けの戦隊モノのＴＶ番組にはなぜ女の戦士が一人しか出てこないのだろうと不思議だった。胸やお尻を強調した、戦いに適さないピンクのユニフォームも奇妙だ。

電車通学していた小学生の頃、週刊誌の中吊り広告に、必ず女の水着やヌードグラビアが掲載されているのを眺めながら、「私が大人になる頃には男女平等化が進むだろうから、週刊誌の半分に男のヌードが載るようになるかも」と本気で考えていた。予想はまる外れで、週刊誌では依然として若い女が上目遣いで肌を晒しているし、日本の男女平等は進んでおらず、「ジェンダーギャップ指数」の最新の順位（２０１７年）も過去最低かつ、すごく低いのだそうだ。

日本の男や女たちは、自分たちのあり方がどうなると暮らしやすいか、全然イメージできていないのだ。私だって、例えば週刊誌のグラビアがこの先どうなったら良いのか、さっぱりわからない。特に難しいのは、自分だけじゃなく他の誰かにとっても同様に好ましい状態を作り出すことで、誰か一人の強行じゃ決められない。

とりあえず現在、日本人で女性の私は、百年前の本が読めるほどの教育を受けられたし、選挙権も持っている。それはイギリスの女学校の教師を無償でやった人のような、名も知れぬ偉人たちの寡黙な仕事の成果だ。返礼にできることと言えば、主婦が鳥に変身する奇妙な舞台を作って、観客の想像力を刺激することぐらいか（まあ、社会の足しにならなくても勝手にあれこれやるんだろうが）。真っ暗な客席から、舞台上で台詞を喋ってくれる俳優たちの声を聞いていると、百年先の時間にも手で触れそうな気分になることがある。

男女平等な社会の実現というのは、人間が鳥になるよりも難しいのか。んなわきゃーない。どんなに現実がどん詰まりに見えても、私の書いた台本なんて秒速で古くなるほど、すごいスピードで、社会も人々の思考も時代に合わせて生き物みたいに変化を遂げ続けるだろう。人間が鳥になるのはファンタジーだが、恐竜が鳥になったのはただの事実だ。びっくりだね。

改めてこの場を借りて、「小鳥女房」のキャストとスタッフ、特に堀越謙三さんをはじめとするユーロスペース内ユーロライブの方々に謝辞を述べたいと思う。「小鳥女房」は、ユーロライブと打ち合わせを重ね、全面的にプロデュースしてもらって上演できた作品だ。またポット出版会長の飯島洋一さん、社長の沢辺均さんには出版関係のみならず、台本執筆の段階からお世話になった。60~70年代の学生運動の思い出話など参考にさせてもらった。「映画秘宝」編集長・岩田和明さん（じつはかつて舞台美術家や演出助手として活躍した演劇人の顔を持つ）には書籍化に際し、あらゆる方面で助言をいただいた。そしてSWANNY上演記録に名前のあるすべての方々、名前はないけど助けてくれた人も、皆様のお顔はたぶん私がこの世からおさらばするときに走馬灯のように瞼の裏に浮かぶでしょう……そのときもお礼を言うだろうけど、前もって言わせていただきたい。

演劇をやらせてくれて本当にありがとう。

●千木良悠子（ちぎら・ゆうこ）
作家、演出家。

慶應大学英米文学科在学中､短編小説「猫殺しマギー」を発表。

以降、小説やエッセイ、ルポルタージュ等を多数執筆。

また俳優として、劇団指輪ホテル等の舞台、映像に多数出演。

2011年より自身が作・演出を担当する劇団「SWANNY」（スワニー）を旗揚げ。

詳しくは→www.swanny.jp

●著作
「猫殺しマギー」
　産業編集センター刊
「青木一人の下北ジャングル・ブック」
　ソニーマガジンズ刊
「だれでも一度は、処女だった。」
　よりみちパン！セシリーズ

●上演許可について
営利を目的にしない上演は､著作権法38条のとおり､許可なく上演いただけます。

著作権法第38条
（営利を目的としない上演等）
第三十八条　公表された著作物は、営利を目的とせず､かつ､聴衆又は観衆から料金(いずれの名義をもつてするかを問わず､著作物の提供又は提示につき受ける対価をいう｡以下この条において同じ｡)を受けない場合には､公に上演し､演奏し､上映し､又は口述することができる。ただし､当該上演､演奏､上映又は口述について実演家又は口述を行う者に対し報酬が支払われる場合は､この限りでない。

書名 ―――――― 戯曲　小鳥女房
著者 ―――――― 千木良悠子
企画・製作 ――― 飯島洋一
編集 ―――――― 松村小悠夏
カバーデザイン ―― 和田悠里
本文デザイン ――― 沢辺均
カバー絵 ――――― 千木良悠子
写真 ―――――― 杉田協士
編集協力 ――――― 岩田和明
発行 ―――――― 2018年7月7日［第一版第一刷］
発行所 ――――― ポット出版プラス
150-0001 東京都渋谷区神宮前2-33-18#303
電話　03-3478-1774　ファックス　03-3402-5558
ウェブサイト　http://www.pot.co.jp/
電子メールアドレス　books@pot.co.jp
印刷・製本 ――― シナノ印刷株式会社
ISBN978-4-86642-007-3　C0074

Play A Bird Wife
by CHIGIRA Yuko
Executive Producer: IIJIMA Yoichi
Editor: MATSUMURA Sayuka
Cover Designer: WADA Yuri
Designer: SAWABE Kin

First published in
Tokyo Japan, July 7, 2018
by Pot Publishing Plus

#303 2-33-18 Jingumae Shibuya-ku
Tokyo, 150-0001 JAPAN
E-Mail: books@pot.co.jp
http://www.pot.co.jp/
ISBN978-4-86642-007-3　C0074

本文●オペラホワイトマックス／四六判／Y目／73kg (0.15)／スミ（マットインク）
表紙●アラベールスノーホワイト・四六判・Y・200kg／DIC140／TOYO10680
カバー・オビ●アラベールスノーホワイト・四六判・Y・110kg／プロセス4C／マットニス
使用書体●筑紫明朝・筑紫ゴチック
2018-0101-0.8